大魚讀品
BIG FISH BOOKS

让日常阅读成为砍向我们内心冰封大海的斧头。

某种微笑

Un Certain Sourire

[法] 弗朗索瓦丝·萨冈 / 著

方圆平 / 译

浙江人民出版社

致佛罗伦斯·马尔罗

所谓爱情，就是两个相爱的人之间发生的事情。

——罗歇·瓦扬[1]

1　罗歇·瓦扬（Roger Vailland，1907—1965），当代法国著名小说家、小品文作者、剧作家和记者。曾于1945年获得行际盟友奖，于1957年获得法国龚古尔文学奖。——本书注释均为译者注

第一部分

第
一
章

　　我们在圣雅克街的一家咖啡馆度过了午后，这是一
个寻常春日的下午，和往常一般无二。我有点无聊，只
有一点点。我在唱片机和窗户之间踱步，而贝特朗正在
讨论斯皮尔的课程。我记得某个时刻，当时我正靠在唱
片机旁，看着唱片升起，缓慢、倾斜地靠向唱针，可以
说是十分温柔地，如同轻贴脸颊一般。我不知为何，感
受到一股强烈的幸福。这是一种生理上的强烈感觉，感
到某天自己将会死去，我的手不会再放在唱片的边缘，
我的眼里也不会再有这样的阳光。

　　我转头看向贝特朗，他也看着我，看到我微笑时，
他站起身来。他不允许我在没有他的情况下感到幸福，

而我的幸福应该仅限于我们共同生活的重要时刻。对此，我本该是模糊知晓的，但是这天，我没法再忍受这样的想法，于是转过头去。钢琴隐约奏出《孤单与甜蜜》的乐曲，之后被单簧管的声音所取代，而我熟悉其中的每一个音符。

我在去年的考试周遇到了贝特朗。我们形影不离，共同度过了紧张焦虑的一周，之后我就回了父母家过暑假。最后一晚他亲吻了我，之后开始给我写信。他的语气开始时漫不经心，后来却有了变化。随着情感的加深，我也逐渐投入，以致当他写到"我觉得这表白很荒唐，但我想我爱你"时，我也以同样的语气，真心地回复"这表白是荒唐，但我也爱你"。这个回复于我而言是自然而然的，甚至可以说是音韵使然。我父母在约纳河岸的住处没有什么消遣活动，所以我常常走下陡峭的河岸，看一会儿在水面上起伏的黄色藻群，之后用一些圆润、磨损的黑色小石头打水漂，它们灵活得像燕子一样。整个夏天，我都在自言自语，重复念着"贝特朗"，夏天过后也是。从某种程度上来说，我觉得通过信件维系的激情关系就已经足够。

现在，贝特朗在我身后，递来我的杯子。当我转过身时，发现正对着他。我不参与他们的讨论，他总是为此不太高兴。我其实挺喜欢阅读的，但谈论文学让我感到无聊。

他总习惯不了这一点。

"你总是播放同样的曲子。"他说，"先说明，我还是挺喜欢的。"

说这句话的时候，他的语气不咸不淡。我想起第一次听这张唱片就是和他一起。经他提醒，我总能想起曾经情绪上的小波动，想起我们之间留下的痕迹，那些我从没放在心上。他对我来说什么都不是，我突然想，他让我感到无聊，我对一切漠不关心，我什么都不是，什么都不是，这荒唐狂热的感觉让我喘不过气来。

"我得去见我那个常年在外的旅行家舅舅，"贝特朗说，"你要一起吗？"

他走在前面，我跟了上去。我不认识他这位旅行家舅舅，也不想认识他。但某种宿命让我鬼使神差地跟在这个年轻男人身后，看着他干净的脖颈；让自己总是被裹挟着向前，毫不抵抗，心中怀着某些凉凉的、滑溜如鱼的小小思绪以及某种温柔。我和贝特朗一起走在大街上，我们的步伐就像我们夜里的身体那样和谐。他握着我的手。我们同样身材瘦削，像画一样，令人愉悦。

走在大街上和坐着公交车去找旅行家舅舅的时候，我都是喜欢着贝特朗的。车子的颠簸让我倒向他，他笑着用一只手臂护住我。我贴着他的上衣，伏在他的肩窝，这个男人的肩膀与我的脑袋如此契合。我呼吸着他的香气，这香气令我感到熟悉，勾起了我的情绪。贝特朗是我的初恋。也是伏在他身上时，我才发现了自己身体的香气。我们总是在他人的身体上发现自己的身体、自己的身长和味道。起先是带着怀疑，而后变成认同。

贝特朗跟我说起他的旅行家舅舅，似乎不怎么喜欢他。他跟我讲述了这位舅舅的旅行八卦。贝特朗总喜欢花时间去八卦别人，以致他有点担心自己也会在无意中成了别人的八卦对象。我觉得这很好笑，他却对此很生气。

旅行家舅舅在咖啡馆的露天座等着贝特朗。瞥见他时，我就跟贝特朗说，他看上去一点也不讨人厌。待到走近时，他站起了身。

　　"吕克，"贝特朗说，"我带了位朋友一起来，多米尼克。这是我的舅舅吕克，是个旅行家。"

　　我又惊又喜，心想，旅行家，形象确实挺符合的。他有着灰色的眼睛，神情疲惫，甚至可以说是忧郁。从某种程度上来说，他长得挺英俊的。

　　"这次旅行怎么样？"贝特朗问。

　　"很糟糕。我在波士顿处理了一桩令人头疼的财产继承纠纷。到处都是古板讨厌的律师，无聊得很。你呢？"

　　"距离我们考试还有两个月。"贝特朗说。

　　他强调了"我们"这个词。索邦大学的情侣就是这样，聊起考试时间仿佛在讨论婴儿的预产期似的。

　　吕克转向了我：

　　"您也有考试吗？"

　　"是的。"我含糊地回应道。（我的功课实在微不足道，所以我总觉得有些羞耻。）

"我的烟抽完了。"贝特朗说。

他站起身，我的眼神跟随着他。他走得很快，动作很灵活。有时候，一想到这具由肌肉、思想和暗色皮肤组成的肌体是属于我的，我就觉得自己得到了一份大礼。

"除了考试，你们还做些什么？"舅舅问道。

"什么都不干。"我回答道，"总之，没什么特别的。"

我抬起手，做了个丧气的手势。他突然抓住了我的手。我看着他，愣住了。一瞬间，我的脑海里闪过了一个念头：我喜欢他。他有点老，但是我喜欢他。他把我的手放回桌上，笑着说：

"您的手指上都是墨迹。这是个好兆头，您会考得很好，会成为出色的律师。尽管您看起来并不像个能言善辩的人。"

我跟他一起笑了起来。我应该和他交个朋友。

但贝特朗回来了，吕克跟他聊了起来。我没去听他们在说些什么。吕克有着从容的嗓音、修长的大手。我心想：他这种类型的人，最容易吸引像我这样的小女生。

我已经让自己提高了警惕，但仍是不够。因为当他邀请我们第二天共进午餐，而他的妻子也一起的时候，我的心中还是升起了一丝不快。

第
二
章

在去吕克家吃午餐之前，我度过了挺无聊的两天。总归，我有什么要做的呢？为一场意义不大的考试做点准备，在阳光下闲逛，被贝特朗爱着，却不那么爱他。我其实挺喜欢他的。信任、温情、尊重，这些情感对我来说也很重要，但我觉得几乎没有激情。这种真正情感的缺失对我来说就是生活最普遍的形式。活着，归根结底，是想办法让自己开心，而这就已经很不容易了。

我当时住在一个只面向女大学生的家庭膳宿公寓。管理人员思想开明，所以我凌晨一两点回去也问题不大。我的房间天花板很低，面积大且空荡荡的，没什么摆设。因为最初的室内装饰计划很快就被我放弃了。我对装饰几乎没有什么要求，只要不讨厌就行。房间里弥漫着一股外省的香气，我很喜欢。我的窗户朝向一个由矮墙围成的庭院，庭院上方就是天空。巴黎的天空总是被建筑物粗暴地裁开，但有时也会在某条街道或是某个阳台上舒展开去，显得动人而温情。

我起床，去上课，见贝特朗，然后一起吃饭。生活就是索邦的图书馆、电影院、工作、咖啡馆的露天座位和朋友们。晚上我们会去跳舞，或是回贝特朗那儿。我们躺在床上，做爱，之后在黑暗中说很久的话。我很好，但总感觉自己身上有种无聊、孤独，有时候又激动的情感，就像一只温热而鲜活的野兽。我想自己也许是得了肝病。

这个周五，在去吕克家吃午餐之前，我去卡特琳娜家待了半个小时。卡特琳娜性格活泼，说一不二，而且总是陷入恋爱。我们的友情中她比较主动，而我更多的则是忍受。她认为我是个脆弱、温顺的人，而我也乐得她如此想。我甚至有时候觉得她是个妙人。在她眼里，我的漠然近乎诗意，贝特朗之前也总这样认为，直到他后来突然对我产生了强烈的占有欲。

那天，她狂热地爱上了一个表兄。她花了很长时间跟我讲述这个纯真的爱情故事。我跟她说我得去贝特朗的亲戚家吃饭，这时我才意识到，我已经有些忘记吕克了。我感到有些遗憾：为什么我就没有这样一个接一个、天真烂漫的爱情故事可以讲给卡特琳娜听呢？她甚至对此习以为常。我们早已固定在各自的角色里。她负责讲述，我负责倾听，她提出建议，这时候我就不再听了。

去她家这一趟让我觉得心情不太好。前往吕克家的时候我没什么兴致，甚至觉得害怕：我得挑起话头，表现得亲切可爱，在他们面前伪装自己。而我其实更愿意独自吃饭，手中摆弄着一瓶芥末酱，存在感很低很低，让人完全看不见……

我到吕克家的时候，贝特朗已经到了，他向吕克的妻子介绍了我。她表情愉悦，面孔和善而美丽，身材高大、微胖，有着金色的头发，总之是个漂亮却没有攻击性的女人。我想，她应该是很多男士想要得到并与之长相厮守的那类女性——一个能够让他们感到幸福的女人，一个温柔的女人。我温柔吗？这得去问贝特朗。我或许会牵着他的手，轻抚他的头发，不会尖声叫嚷。但我不过是讨厌叫嚷，以及我喜欢摸他那温热而茂密的，像野兽一般的头发。

弗朗索瓦丝马上就对我表现得极为友善。她带我参观了他们华丽的房子，给我倒了酒，请我落座，态度亲切自如。我本来因自己有些磨损、走形的毛衫和裙子而感到窘迫，现在这窘迫也逐渐减轻。吕克还在工作，我们等着他结束。我想，或许我得表现出一些对吕克职业的兴趣，但其实我完全不想这么做。我想问的是：您喜欢谁吗？您读什么书呢？我对人们的职业不感兴趣……而这在其他人的眼中十分重要。

"您看起来有些忧虑。"弗朗索瓦丝笑着说，"还想再来点威士忌吗？"

"好啊。"

"多米尼克已经有'酒鬼'的名声了，"贝特朗说，"您知道这是为什么吗？"

他突然起身走向我，表情一本正经：

"她的上嘴唇有点短，当她闭上眼睛喝东西的时候，不用喝威士忌也会显得神情热烈。"

他边说边用拇指和食指捏住我的上嘴唇，展示给弗朗索瓦丝看，像捏着一只小狗一样。我笑了起来，他松开了我。这时吕克走了进来。

当我看到他的时候，我再一次心想，他真是英俊，但这一次，我感到了某种痛楚。我实在感到有些痛苦，就是那种因为无法拥有某样东西而感到的痛苦。我其实很少想要拥有什么东西，但那时的我很快有了这样的念头：我想要用双手捧住他的脸，用手指紧紧箍住他，将他那饱满而有些宽大的嘴唇贴向我。吕克其实并不英俊，后来大家总是这样跟我说。但他身上存在着某种东西，让我尽管只见了他两面，却觉得他比贝特朗亲切千百倍。亲切千百倍，也更让我渴望千百倍，可我明明是喜欢贝特朗的。

吕克走了进来，跟我们打了招呼，坐了下来。他有着令人震惊的沉静。我的意思是，他的举动从容不迫，身姿悠然自得，从容中又蕴含着某种谨慎和克制，令人心惊。他温柔地看着弗朗索瓦丝，而我看着他。我想不起来我们说了什么。贝特朗和弗朗索瓦丝聊得尤其多。我其实有些害怕自己居然这么清楚地记得故事的开端。在那个时候，也许我只需要再谨慎一些、再保持一些距离，就能够躲开他。事实却恰恰相反，我迫不及待地想要回到第一次因为他而感到幸福的时刻。一想到要描述这些最初的时刻，打破一瞬间文字的苍白无力，我的心就充满了苦涩而焦灼的幸福。

我们和吕克、弗朗索瓦丝一起吃了午餐。随后走在街上，我快步跟上了吕克，把贝特朗抛在了脑后。过马路时他扶了我的手肘，这让我感到手足无措，至今记忆犹新。我不知道自己的胳膊该往哪里放，也不知道如何安置垂着的手。我懊恼着，仿佛经吕克的手触碰后，我的胳膊已经失去了知觉。我完全忘了从前跟贝特朗一起时是怎样的感受。后来，弗朗索瓦丝和吕克带我们去了一家服装店，给我买了一件红棕色的呢子大衣。我当时什么都不知道，还处在震惊中，既没有表示拒绝，也没有表示感谢。只要吕克在的时候，事情就发生得很快，仿佛被簇拥着向前。之后时间"砰"的一下回落，重新有了分钟、小时与香烟。

贝特朗对于我收下大衣的行为十分恼怒。跟他们分别之后，他对我大发了一顿脾气。

"简直不可思议，随便什么人送你随便什么东西你都不拒绝，你甚至不觉得奇怪！"

"这不是随便什么人，这是你舅舅，"我掩饰道，"而且无论如何，我自己是买不起这件外套的，它贵得要命。"

"你不是非得要这件大衣，我觉得。"

穿了两个小时，我已经习惯了这件大衣，而且它真的很合身。所以后面这句话让我觉得有点吃惊，贝特朗似乎有些不可理喻。于是我如实对他这样说了，然后我们吵架了。最后，他把我带到了他家，连晚饭都没吃——像是一种惩罚，一种于他而言的惩罚，我知道。他认为这是一天中最重要、最有价值的时刻。他在我的身边躺下，带着某种敬意和战栗亲吻我，这让我悸动，也有些害怕。我更喜欢初时那些放肆的欢愉，喜欢我们亲昵中那年轻、原始的一面。但当他压在我身上，迫不及待地寻求我时，我忘记了另一个人的脸，忘记了我们对彼此的抱怨。贝特朗重新回到了我的面前，又是这份惶然、这份欢愉。直到今天，尤其是到今天，这种幸福，这种忘形，对我来说都是特别美妙的馈赠。但同时，若想到我的理智、我的情感——那些无论如何对我来说都更为重要的东西，我又觉得如此讽刺。

第
三
章

　　后来我们又一起吃了几次晚餐。有时只有我们四个，有时是和吕克的朋友一起。之后，弗朗索瓦丝要去朋友家住十天。我已经喜欢上她了，她对人总是抱有极大的关心和善意，相信自己能取信于人，偶尔还生怕自己不够善解人意。这是我最喜欢她的一点。她就像大地一样，像大地一样令人安心，有时候还有些孩子气，吕克和她在一起时总是笑得很多。

　　我们送她去巴黎里昂车站。我已经没有开始时那么腼腆了，甚至可以说很放松。总体来说很愉悦，我感到从前那股难以名状的烦闷彻底消失了，这令我产生了愉快的变化。我变得活泼了，有时候还挺幽默的，我以为这种状况可以一直持续下去。我已经习惯了吕克的脸，至于有时会突然因他感到悸动，我想也许是出于对他外貌或是情感上的好感。上车的时候，弗朗索瓦丝笑了笑。

"我把他交给你们了。"她对我们说道。

火车开走了。在回去的路上，贝特朗中途去买了一份什么政治文学的报纸——为了借机撤火。突然，吕克转过头，快速地跟我说：

"明天一起吃晚饭吗？"

我刚想说"好的，我问问贝特朗"，但是他打断了我，说："我会给您打电话的。"然后转向赶上我们的贝特朗：

"你买了什么报纸？"

"没买到。"贝特朗说，"我们现在有堂课要上，多米尼克，我想我们得抓紧了。"

他抓住我的胳膊，牵起了我的手。吕克和他彼此防备地打量着对方，而我在他们中间尴尬不已。弗朗索瓦丝走了，一切都变得混乱和讨厌了起来。我对吕克的初次示好并没有什么好印象。原因我已经说过，从前我用了过于美好的滤镜来看待我们的关系。我突然很希望弗朗索瓦丝在场，她就像我的定心丸一样。我这才意识到，原来我们组成的四重奏只是建立在虚假的基础上。这让我觉得很难过，因为我对环境变化很敏感，而且身处其中的一举一动都是发自真心的——其实越是这样的人越会撒谎。

"我送你们吧。"吕克漫不经心地说。

吕克有一辆敞篷车。他驾驶技术很好，车速很快。一路上我们什么也没说，只在分别的时候说了"回头见"。

"总归，这一走我倒松了口气，"贝特朗说，"我们总不能老是见同一拨人。"

这句话也把吕克从我们的计划中剔除了。但我没跟贝特朗说，我变得谨慎了。

"而且，"贝特朗继续说道，"他们还是有点老，不是吗？"

我没有回答。之后我们去上了布莱梅老师关于伊壁鸠鲁学派的道德课程。我听了一会儿，一动不动……吕克想要单独跟我吃饭，这也许就是幸福吧。我在椅子上张开手指，感受到一丝不受抑制的微笑溢出了我的唇角。我转过头去，以免被贝特朗看到，这样持续了一分钟。然后我心想：你是被取悦了，这很正常。截断桥梁，堵上口子，别让自己被攻略了，我一直都保持着年轻人敏锐的反应力。

第二天，我决定赴约，想着与吕克共进晚餐的场面应当挺有意思的，且无伤大雅。我以为他会带着热烈的神情出现，当场对我表白。然而，他迟到了一会儿，看起来漫不经心。我便只剩下了一个愿望，就是他能对这次临时起意的会面表现出哪怕一丝心慌意乱。可他看起来一切如常，聊着这样或那样的事，平静从容。后来我也被这种情绪感染。他大概是第一个让我感到极度舒适、丝毫不觉得无聊的人。吃饭的时候，他提议去跳舞，之后他开车带我去了索尼斯酒吧，他的一些朋友也加入了我们。我居然有一瞬间觉得他想与我独处，我可真是个愚蠢又自负的小女孩。

看着同桌的女士们，我还意识到自己既不优雅，也不光彩照人。总而言之，那个曾一度想象自己是个万人迷的年轻女孩，到了午夜，只觉得自己衣衫褴褛，失魂落魄。这个女孩藏起自己的裙子，内心呼唤着贝特朗，至少他还会觉得她是美丽的。

吕克的朋友们聊着泡腾片[1]以及它的奇效。所以，这群人会在玩乐后服用泡腾片，早上就会恢复体力，仿佛他们的身体是个美妙的玩具，可以尽情地使用，随意地修复。也许我应该放弃阅读、聊天和散步，转而沉溺于纸醉金迷、日常琐事和其他消磨人的娱乐。汲汲营营，成为一个美丽的物件。吕克喜欢那些人吗？

他转过头对我微笑，邀请我跳舞。他轻柔地把我拥入怀里，我的头贴着他的下巴，就这样，我们跳起了舞。我感觉到他的身体贴着我的身体。

"这些人让您觉得很无聊，对吗？"他说，"这些女人都在喋喋不休。"

"我没去过真正的夜总会，"我说，"我有点头晕

1　Alka-Seltzer，一种水溶性消食片、胃药片。

眼花。"

他笑了起来。

"您真有意思，多米尼克，您很招人喜欢。我们换个远点的地方聊聊，来吧。"

我们离开了索尼斯。吕克带我去了马尔伯夫街上的一家酒吧，我们开始推杯换盏。我本身就挺喜欢喝威士忌，此外，我知道喝酒是唯一能让我说点话的方式。不一会儿，我就觉得吕克真是讨人喜欢、富有魅力，一点也不可怕。我甚至对他油然而生一种柔情。

我们自然而然地谈起了爱情。他告诉我，这是一件好事。虽然它没有人们声称的那么重要，但人要足够热烈地爱与被爱，才能获得幸福。我点头表示同意。他告诉我自己很幸福，因为他很爱弗朗索瓦丝，而弗朗索瓦丝也很爱他。我祝贺了他，并且表示我很认同这一点，弗朗索瓦丝和他都是非常非常好的人。我陷入了伤感。

"因此，如果能和您发展一段关系的话，我会感到很开心。"

我傻笑起来，感觉自己丧失了反应能力。

"那弗朗索瓦丝呢？"我说。

"弗朗索瓦丝？我可能会和她说。她很喜欢您，您知道的。"

"正因如此……"我说，"而且，我不知道，话不是这么说的……"

我感到气愤。应接不暇的情绪起伏终于让我感到筋疲力尽。吕克让我睡他的床，这既让我感觉如此天经地义，又那么不合时宜。

"从某种程度上，"吕克认真地说，"存在某种东西——我是说，我们之间确实存在某种东西。天知道，我一贯不喜欢小姑娘，但我们是一类人。所以，我想说的是，这件事没那么愚蠢，也没那么稀松平常。这很难得。总之，您考虑考虑。"

"是这样。"我说，"我会考虑的。"

我一定看起来很可怜。吕克俯身靠近我，亲吻了我的脸颊。

"我可怜的宝贝，"他说，"您真让人心疼。如果您仍有一些基本道德观念还好，可是您跟我一样没有多少。

您很善良，您也很喜欢弗朗索瓦丝。而且您跟我在一起会比跟贝特朗一起更有意思，啊，您这样不是很好吗！"

他突然大笑起来，令我感到被冒犯。之后也是如此，每当吕克如他所说的那样，开始总结情况的时候，我总会或多或少地觉得不舒服。而这次我没有隐藏自己的情绪。

"没事的，"他说，"这种情况下，没有什么是真正重要的。我很喜欢您，很喜欢你。我们在一起会很开心的，只会开心。"

"我恨您。"我说。

我用了一种阴沉的语气，然后我们一起笑了起来。这三分钟内就建立起的默契让我觉得莫名地暧昧。

"我现在送你回家，"吕克说，"已经很晚了。或者，如果你愿意的话，我们可以去贝西码头看日出。"

我们一直开到了贝西码头，吕克停了车。微明的天空下，塞纳河卧在两岸的起重机之间，就像一个坐在玩具之中的忧郁孩童。天空将明未明，它升向白日，越过死寂的房屋、桥梁与废铁，缓慢地、固执地努力于每一个清晨。吕克在我身边抽烟，不发一言，身形一动不动。我向他伸出手，他握住了，我们不知不觉回到了公寓。在门口，他松开了我的手，我下了车，我们相视而笑。我倒在床上，想着我得把衣服脱了，把袜子洗了，把裙子挂到衣架上，但我就这样睡着了。

第
四
章

　　醒来的时候，我感到一阵痛楚，因为有一个问题亟待解决。说到底，吕克向我提出了一个游戏，一个诱人的游戏。然而它带来的破坏力同样不容小觑：它会破坏我对贝特朗颇为稳固的感情，以及给我造成某种混乱。这种混乱又令我痛苦，不管怎么说，总归不是短期就能消弭的。至少与吕克起意提出的那种短暂关系不同。而且，既然我认为一切激情，甚至一切男女之情都是短暂的，我自然不会将它视为必需品。人生就像一出半喜剧，与所有参演者一样，我只能接受这部剧由我，且仅由我一人写就。

　　我也清楚地知道，这场游戏如果真的发生，如果我们真的喜欢彼此，而且瞥见了彼此孤独的裂隙，那么即使是暂时的，这场游戏也会很危险。没必要愚蠢地想象自己很强大。如果有一天，我像弗朗索瓦丝所说的那样，被"驯服"了，完全认可吕克、依赖吕克，那么我离开他的时候一定非常痛苦。贝特朗只会全心全意地爱我，我怀着对贝特朗的柔情想到这一点。但我难以自抑地想着吕克。因为，说到底，在人生这场漫长的骗局中，至少对于年轻人而言，大家都巴不得做些轻率冒失的事儿。而且，我从来不是做决定的那一方。我总是被选择的那一方，这次为什么不继续如此呢？吕克的魅力，平日里的无聊，所有的夜晚，一切都自有安排，没必要非搞个明白。

我怀着这种愉悦的顺从的心情去上了课，见到了贝特朗和朋友们，我们一起去屈雅斯街上吃了午餐。这一切本来如此寻常，然而，现在却让我觉得不同以往。我真正的位置应该在吕克身边，我模糊地感受到了这一点。然而，让·雅克——贝特朗的一个朋友，注意到了我的心不在焉，开始出言讽刺。

"这怎么可能，多米尼克，你陷入爱情了！贝特朗，你对这个心不在焉的小姑娘做了什么，她怎么成了克莱芙王妃[1]啦？"

"我什么都不知道。"贝特朗说。

我看着他。他脸都红了，避开了我的视线。这实在令人难以置信：与我默契有加、相伴一年的伴侣，竟突然成了敌人！我走近他，本想对他说："贝特朗，我发誓，我不想伤害你，这太糟糕了，我不喜欢这样。"我甚至还想愚蠢地补充："你想想，我们一起度过的夏天，一起度过的冬天，你的房间，这一切都不会三个礼拜就消失不见，这不合理。"我本希望他能激烈地向我确认，向我保证，与我重归于好，因为他是喜欢我的。但他还没有成长为一个男人。有些男人——包括吕克，他们身上蕴藏着某种力量。贝特朗却没有，这些年轻男孩身上都没有。然而，我指的这种力量并不是经验……

―――――――――――――――

1　法国作家拉法耶特夫人（Madame de La Fayette，1634—1693）同名小说中的人物。她敬重自己的丈夫克莱芙亲王，但不爱他，而是喜欢上了德·内穆尔公爵。

"别烦多米尼克了。"卡特琳娜跟往常一样说一不二，"来吧，多米尼克。男人们都是讨厌鬼，我们一起喝咖啡去。"

走出来的时候，她对我说没关系，贝特朗那么喜欢我，不用担心他这些小情绪。我没有表示反对。总归在朋友面前，没必要驳贝特朗的面子。但我讨厌他们说的话，讨厌他们说的男生女生、这样那样的故事，讨厌这些他们谓之爱情，实际幼稚又夸张的言论。但是贝特朗，还有他受到的伤害，这些我没法视若无睹。一切都发展得如此迅速！我才稍微忽略了一会儿贝特朗，他们就已经开始讨论，开始解读了。而我的仓促回应，闹大了事态。原本我只是一时糊涂。

"你不懂，"我对卡特琳娜说，"和贝特朗没关系。"

"啊！"她说。

我又转向她。她脸上透露出好奇，一副想要给我建议、急不可耐的神情，让我忍不住笑了起来。

"我想去修道院。"我严肃地说道。

这下卡特琳娜不再震惊了，而是开始长篇大论地谈起那些生活乐趣，小鸟、阳光，诸如此类。"要我放弃这一切，那可真是疯了！"她还压低声音，说起身体的愉悦，"不得不说……这也很重要。"总之，如果我真想进修道院的话，她对于人生乐趣的这一番描述只会让我更快地皈依宗教。对于一些人而言，人生真的只是"这"些东西吗？对我而言，即使我觉得无聊，至少我还热衷于无聊。另外，她表现得仿佛我们多像似的，迫不及待地想要跟我聊些令人不适、意有所指的闺中秘事。我把她晾在人行道上的时候，甚至觉得挺高兴的。别想卡特琳娜了，我愉悦地想着，卡特琳娜，还有她的那些忠告。我近乎冷酷地低声哼道。

我散了一个小时的步，进了六家商店，与所有人毫不拘束地交谈。我感到自由自在，快乐无比。巴黎是属于我的。我一向知道巴黎属于那些无所顾忌、随性不羁的人，从前的我正因缺乏了这一点而倍感痛苦，但这一次，这座城市属于我了，它美丽、金碧辉煌、直截了当，越不在乎它的人越能拥有它。我因一种可能是快乐的感觉而振奋。我走得很快，内心感受到一股急不可耐的重量，血液在我的腕中流动；我感到年轻，无与伦比的年轻。在这些疯狂幸福的时刻，我觉得自己达到了某种真实，它远比我愁绪中那些反复、渺小又可怜的真实更加明晰。

我走进了香榭丽舍大街上一家放映老电影的影院。一个年轻人走过来，坐在了我的旁边。我瞥了一眼，感觉他挺讨人喜欢的，他的发色似乎偏金。不一会儿，他用胳膊肘碰了碰我，一只手小心翼翼地靠近我的膝盖：我快速抓起了他的手，握在了自己手中。我很想笑，像个小学生那样笑。昏暗的影厅里令人心惊的亲密接触，偷偷摸摸的拥抱，羞耻心，这些都是什么？我握着一个陌生年轻男子的温暖手掌，对这个年轻男子别无所求，我只想笑。他就着我的手翻转手心，一只膝盖慢慢靠近。我内心交织着好奇、恐惧和鼓舞，看着他这样做。和他一样，我害怕自己的羞耻心苏醒，然后像一位年长的女士那样，不快地起身离席。我的心跳得有点快，是因为现下的困扰还是因为电影内容呢？这部电影确实不错。其实应该专门设个放映厅，给寂寞难耐的人放些没意思的片子。这个年轻人带着疑惑的神情看向我，电影是部瑞典片，所以胶片色调很明亮。我能看出他确实很英俊。挺帅的，但不是我喜欢的类型，我心想。此时他的脸小心地凑近我，我有一瞬间想到了坐在我们后排的人，他们应该觉得……他的亲吻还不错，但他同时并拢了膝盖，手上进一步动作，还想占我的便宜，这让我觉得他愚蠢而讨厌，尽管我此前都默许了。我起身离开。他应该还什么都不明白。

　　我又回到了香榭丽舍大道，唇上还留着一个陌生男人的味道。我决定回家读一本新的小说。

　　那是一本很美的书，萨特的《理智之年》。我愉快地沉浸于书中。我很年轻，有一个我喜欢的男人，还有一个喜欢我的男人。我不过是要解决这种年轻女孩都会遇到的愚蠢烦恼；然而还得提起重视。因为其中有一个已婚男人，还有另外一个女人，这是一场发生在春日巴黎的四角恋游戏。我将这一切看作一个可以随心行动、利落解决的等式，而且自我感觉十分良好。我愿意接受今后一切的忧愁、冲突和愉悦，我早已带着嘲弄提前接受了一切。

　　读着读着，夜幕降临了。我放下书，把头枕在手臂上，看着天空从浅紫色变成灰色，突然感到脆弱和无助。我的生活在流逝，而我什么都没做，只是冷笑。真希望有人凑近我的脸颊，那我就会留住他，带着激烈的爱意紧紧拥抱他。我还没那么玩世不恭，不至于连贝特朗都企图霸占着不松手，但我如此忧伤，所以我羡慕一切幸福的爱情，一切热烈的相遇，一切爱的樊笼。我站起来走了出去。

第
五
章

　　之后的两周里，我和吕克一起出去了几次，但总是和他的朋友一块儿。他的朋友大多到处游历，有很多故事可讲，也挺讨人喜欢的。吕克语速很快，说话幽默风趣，看向我的时候带着殷勤的神色。他总是一副漫不经心又无暇顾及的样子，让我总是怀疑他对我是否真的产生过兴趣。之后他会把我送到门口，下车轻吻我的脸颊，然后离开。他不再提起从前说的那种对我的渴望，这让我感到舒了口气的同时又感到失落。最后，他说弗朗索瓦丝后天会回来。我这才意识到过去的两周仿佛一场梦，我只不过是自作多情了一场。

　　这天早上，我们去火车站接弗朗索瓦丝，贝特朗没有一起去，他已经跟我赌气十天了。我觉得抱歉，但也乐得趁此享受独自一人、无所事事的懒散生活。我知道他见不到我很痛苦，这也让我不能真正开怀。

弗朗索瓦丝到的时候满脸微笑，她拥抱了我们，尖声说我们脸色太差了，不过正好有个机会可以放松放松：吕克的姐姐，也就是贝特朗的母亲，邀请我们周末去她家。我抗议自己并没有收到邀请，另外我跟贝特朗最近闹得有点僵。吕克也补充说受不了自己的姐姐。但是弗朗索瓦丝说服了我们俩，贝特朗已经让他妈妈邀请我了。弗朗索瓦丝笑道："很可能就是为了解开这个僵局。"对于吕克，她则劝他有时还是需要有点家庭观念。

她笑着看着我，我也报以微笑，沉溺在她的善意中。她胖了些。虽然有些强势，但她是如此热情，如此相信我们，以至于我很庆幸吕克和我之间什么都没有发生，我们三个还能够像从前那样，开心地在一起。我又见到了贝特朗，其实他也没那么让我厌倦，而且他那么有涵养，那么聪明。我们保持了分寸，吕克和我。然而，当我在车上，坐在弗朗索瓦丝和他之间的时候，有那么一瞬间，我看着他，仿佛看着某个被我放弃的人。这让我的内心产生了一阵莫名的动摇，让我觉得很难受。

我们在一个天气很好的晚上离开巴黎，去了贝特朗的母亲家。我知道她丈夫给她留下了一个特别漂亮的山村别墅。周末去某地度假是件提起来很有面子的事，但我还没找到机会说出来。贝特朗跟我说他妈妈特别和蔼可亲，说这些话的时候，他脸上带着年轻人谈论父母时喜欢展露的那种疏离的神色，以便强调他们真正的生活其实在别处。我买了一条棉布长裤，因为卡特琳娜的裤子对我来说太大了。这笔开销让我捉襟见肘，但我知道，若有需要的话，弗朗索瓦丝和吕克会接济我的。我震惊于自己如此轻易就承认了这一点，但就像所有容易心安理得的人一样——至少在小事上，我将之归于他们的慷慨和体面，而不是我的不够体面。而且，夸赞别人的优点总比承认自己的缺点更好。

吕克和弗朗索瓦丝一起来圣米歇尔大道的一间咖啡馆接我们。他又一次看起来神色疲倦，有些忧郁。他在高速上把车开得飞快，甚至可以说是在危险驾驶了。出于恐惧，贝特朗疯狂地笑起来，我马上也跟他一起笑起来。听到笑声，弗朗索瓦丝转头看向我们，脸上带着不知所措的神色，就是那种脾气很好，即使利益攸关也从不会跟人起冲突的人常有的神色。

"你们在笑什么？"

"他们还年轻，"吕克说，"才二十岁，还是疯狂大笑的年纪。"

不知为什么，这话让我觉得不高兴。我不喜欢吕克把我和贝特朗看作一对情侣，尤其是那种幼稚的情侣。

"我们这样笑是因为紧张，"我说，"因为您开得太快了，我们不是很放心。"

"你下次跟我一起来，"吕克说，"我教你开车。"

这是他第一次公开以"你"称呼我。我想，大概就是所谓的一时失言吧。弗朗索瓦丝看了吕克一眼。后来我又觉得，什么失言，只是我想多了。我不觉得一时失言能泄露什么，不相信能从眼神中察觉出什么意义，也不相信灵光一现的直觉。小说里总有一句话让我感到很震惊：突然间，她知道他撒了谎。

我们快到了。吕克猛地拐进一条小路，我被甩到了贝特朗身上，他坚定而温柔地搂住了我。我觉得很尴尬，受不了让吕克看到我们这样。我觉得这样不合适，并且愚蠢地自认为吕克也会觉得不合适。

"您像一只小鸟。"弗朗索瓦丝对我说。

她转过头来看着我们，眼神十分和善，人也体面而优雅。她的脸上没有成年女性看小情侣那种心知肚明又带着默许的神色，她似乎只是单纯地想说我在贝特朗怀里挺好的，像小鸟那样惹人怜惜。我倒是挺愿意惹人怜惜的，因为这可以让我避免去相信、去思考、去回应。

"一只衰老的鸟。"我说，"我觉得自己老了。"

"我也是，"弗朗索瓦丝说，"但我说这话比你说更有说服力。"

吕克转头看她，带着一点笑意。我突然想到，他们互相喜欢，肯定还一起睡觉。吕克睡在她身旁，贴在她身上，爱抚她。他也会想象贝特朗占有我的身体吗？他会这么想吗？他会像我一样，隐隐约约地感到嫉妒吗？

"我们到了。"贝特朗说，"还停着一辆车，恐怕我母亲还有几位常客。"

"要是这样的话，我们可以走。"吕克说，"我可受不了我亲爱姐姐的这些客人。我知道附近有家很棒的旅店。"

"行啦，"弗朗索瓦丝说，"别使性子了。这房子很棒，多米尼克还没参观过呢。来吧，多米尼克。"

她拉着我的手，带我走向这栋被草坪环绕的漂亮房子。我跟在她身后，心想，我差点儿就厚颜无耻地出轨她丈夫了，而我明明这么喜欢她，我无论如何也不想伤害她。显然，她不会知道这些。

"你们终于来了。"一个尖锐的声音说道。

贝特朗的母亲从一道篱笆后面走了出来，我之前从没见过她。她看向我，以一种母亲看到自家儿子带女孩回来的那种审视的目光。她给我的第一印象是金发，尖声尖气的。她马上开始在我们周围转来转去，叽叽喳喳地说话，我很快就觉得受不了了。吕克以看着一场灾难的眼神看着她。贝特朗似乎有点尴尬，这让我尽量做出一副乖巧的样子。最后我终于松了一口气，回到自己的房间。床很高，铺着毛呢床单，就像我小时候一样。我打开窗户，窗外绿树沙沙作响，一阵浓烈的湿润泥土和青草气味马上向房间里飘来。

"你喜欢这里吗？"贝特朗问道。

他局促的神色中又透着愉悦。我想，对他来说，这周末和我一起来他母亲家，应当是件挺重要也挺复杂的事情。我微笑着对他说：

"你家很漂亮。至于你妈妈，我不了解她，不过她看起来人很好。"

"总之，你并不讨厌这儿，对吧？而且，我就住在你隔壁。"

他会心一笑，我也报以同样的微笑。我很喜欢陌生的房子，黑白瓷砖的浴室，巨大的窗户，急不可耐的年轻男子。他把我拉到怀里，轻吻我的嘴唇。我熟悉他的呼吸，他亲吻的方式。我没告诉他电影院那个男生的事，他会不舒服的，现在我也觉得不舒服了。隔些时日再回想，我觉得有些羞耻，既可笑又慌乱，总归让我觉得不舒服。在某个下午，我曾表现得可笑而放纵，如今的我则不是了。

"来吃晚饭吧。"我对靠过来再次亲吻我的贝特朗说。他的眼神有些涣散，我喜欢他这样渴望我，但我并不喜欢自己。我这种桀骜又冷漠的年轻女孩，这种"心黑牙白"的小姑娘，似乎只有剧里演的那种老男人才会吃这一套。

晚餐吃得让人难以忍受。贝特朗的母亲确实有朋友来，是一对又吵又闹的夫妇。吃甜点的时候，这位名叫理查德的丈夫——一位什么董事会的主席，忍不住开始老调重弹：

"那您呢，小姑娘，您也是个可怜的存在主义者吗？事实上，亲爱的玛尔特，"他转向贝特朗的母亲说，"我真受不了这些年轻人为什么一副大彻大悟的样子。我们在他们这个年纪的时候多热爱生活啊！我们那年代，大家纵情玩乐，虽然有些任性胡为，但很快活，这一点，我可以向您保证。"

他妻子和贝特朗的母亲会心地笑了。吕克打着哈欠，贝特朗准备了一番没人听的长篇大论。弗朗索瓦丝带着她一贯的善意，显然在努力理解为什么这些人如此无聊。至于我，这些面色酡红的男士嚼着"存在主义"这个词向我抖机灵，已经有不下十次了。越是对这个词不解其意，他们就越是用得起劲儿。我没答话。

"亲爱的理查德，"吕克说，"现在的年轻人恐怕完全不像您那个年代的——我是说，我们那个年代那样——任性胡为。这些年轻人是在谈情说爱，其实这样也不错。要想任性胡为的话，他们得有一个女秘书，一间办公室。"

这位乐享人生的先生没有回话。晚餐的余下时间过得平淡无奇，每个人或多或少说了点话，除了吕克和我。只有吕克跟我一样，感到极度无聊。我不禁想道，这难道就是我们之间初次的默契吗——我们都没法适应这种无聊。

晚餐后，因为天气很暖和，我们去了露天座，贝特朗去拿威士忌。吕克小声地叮嘱我不要喝太多。

"总归，我自己有分寸。"我回答道，有些不高兴。

"我会嫉妒，"他说，"我希望你喝醉了只和我一个人说傻话。"

"那其他时间我做什么呢？"

"保持忧郁的形象，就像晚餐时候那样。"

"那您呢？"我说，"在您看来，您的形象是快乐的吗？……跟您所说的相反，您应该不符合那一代的快活形象。"

他笑了起来。

"跟我到花园散会儿步吧。"

"这么黑灯瞎火的？贝特朗和其他人呢……"

我感到心慌意乱。

"他们已经够让我们心烦的了。来吧。"

他拉着我的胳膊，转身面向其他人。贝特朗去取威士忌还没回来。我隐约想着，等他回来就会来找我们，在树下找到，说不定还会杀了吕克，就像《佩利亚斯与梅丽桑德》[1] 剧里演的那样。

---

1   德彪西谱曲的五幕歌剧，于 1902 年在巴黎首次公演，剧情涉及一段三角恋。戈罗德王子发现神秘少女梅丽桑德迷失在森林中，他娶了她，并把她带回了祖父阿勒蒙德国王阿克尔的城堡。在这里，梅丽桑德与戈拉德同父异母的弟弟佩利亚斯日久生情，引起了戈拉德的嫉妒。

"我带这位小姑娘去散个心。"他跟大家说道。

我没有回头，但我听到了弗朗索瓦丝的笑声。吕克带我走了一条小路，这条石子路开始显得挺亮的，然后越走越暗。我突然害怕起来。我想回到父母家里，回到约纳河边。

"我害怕了。"我对吕克说。

他没有笑，但握住了我的手。我其实希望他能一直这样，安静地、有些严肃地、温柔地保护我，希望他不要离开我，告诉我他爱我、珍惜我，能抱着我。他真的停了下来，抱住了我。我靠在他怀里，闭上了眼睛。之前所有漫长的时光仿佛都是为了逃避这一刻；还有这双捧着我脸的手，这温热的嘴唇，它与我的嘴唇是如此契合。我们亲吻的时候，他将放在我脸侧的手指收紧，我的手臂环着他的脖子。我害怕自己，害怕他，害怕"此刻"之外的一切事物。

我迅速爱上了他的嘴唇，非常喜欢。他一句话也没说，只是吻我，有时扬起头呼吸一下。于是我看到他的脸，在我的上方，在半明半暗之中，既心不在焉，又全神贯注，像戴着面具一般。然后他再次慢慢贴近了我。
很快，我便看不清他的脸。我闭上了眼睛，感到一阵暖
意侵入了我的太阳穴，侵入了我的眼皮和喉咙。我有了
一种前所未有的感觉，不是那种欲望来袭的匆忙与急迫，
而是一种愉悦、缓慢、心烦意乱的感觉。

　　吕克松开了我，我有点踉跄。他牵着我的胳膊，没
有说话，我们绕着花园走了一圈。真想就这样与他亲吻，
直到天亮，别的什么都不做。贝特朗总是很快就厌倦了
亲吻：欲望让他觉得亲吻没什么用，那只不过是通向肉
体欢愉的其中一步，而吕克则让我隐约知道亲吻本身就
是乐趣无穷，足以慰藉的。

　　"你的花园很美，"吕克笑着对他的姐姐说，"只是现
在有点晚了。"

　　"永远不会太晚。"贝特朗干巴巴地说道。

　　他盯着我，而我躲开了他的目光。我想独自待在黑
暗的房间里，这样我才能回味和理解在花园里的那些瞬
间。所以在接下来的整场谈话中，我小心安放着这段记
忆，极度魂不守舍。终于，我带着这段记忆上楼回了房

间。我平躺下来，睁大眼睛，让它长久反复地在我面前重现，像是要摧毁它，或是任它成为某种重要的东西。

那晚，我关了门，但贝特朗没有来敲门。

第六章

早晨过得很缓慢。醒来的时候我觉得非常愉快，非常温柔，就像童年时那样。但等待着我的不是那种漫长而昏黄、夹杂着阅读时光的孤寂日子，而是"其他"日子。其他日子里，我需要承担一个角色，我得负起这个角色的责任。承担角色，负起责任，一想到这儿，我就感到喘不过气，于是我又把头埋进枕头里，感觉全身都不适了起来。然后我想起了昨天晚上，想起了吕克的吻，内心仿佛有什么东西被柔软地撕裂开来。

浴室很舒服。我一进入水里，就开始用爵士的调子愉悦地哼唱起来："现在应该，应该，做个决定，决定。"这时有人用力敲了敲墙："能让老实人睡个觉吗？"

　　这是个令人愉悦的声音，是吕克的声音。如果我能早十年出生，早在弗朗索瓦丝之前遇见的话，我们本可以一起生活。他会笑着阻止我早上唱歌，我们会一起睡觉，会幸福长久，而不是陷入这样的僵局。因为这确实是个僵局。或许这也是我们不踏入其中的原因，尽管我们有着如此相配的无聊和漠然。我应该逃离这个僵局，应该走开，但我只是离开了浴室，去房间里找了件浴袍。浴袍已经起了球，有乡下衣橱陈旧的味道。我一边裹紧浴袍，一边心想，任由它发生，或是不发生，这才是明智之举。不要总去刨根问底，应该平静而勇敢，我自欺欺人地嘟囔道。

　　我穿上新买的棉布裤子，看着镜中的自己。我不喜欢我自己，我的发型不好看，脸尖尖的，看着挺可爱。我希望自己是那种脸蛋匀称、编着辫子的小姑娘，有着注定会让男人伤心的暗色眼睛，冷峻又性感。也许我把头往后仰的时候，看起来会性感，但哪个女人这个姿势不性感呢？而且这条裤子很滑稽，我穿起来太紧了。我完全不敢就这样下楼。我又一次产生了熟悉的绝望感：

我对自己的形象是如此不满意，以至于如果就这样出门的话，我一整天都会觉得自己面目可憎。

但弗朗索瓦丝走了进来，打消了我的一切顾虑。

"我的小多米尼克，您这样真好看！您看上去更年轻、更活泼了。您的存在就让我觉得悔恨。"

她坐在我的床上，打量镜中的自己。

"为什么悔恨呀？"

她没有看我，兀自回答道：

"我借口自己喜欢吃蛋糕，吃了太多蛋糕了，而且，我还有皱纹，在这儿。"

她眼角的皱纹挺明显的。我用食指抚摩她的皱纹：

"我觉得那很美，"我温柔地说，"度过无数个夜晚，去到无数个国家，见过无数个面容……带来了这两道微小的纹路……您这是赚到了。而且它们让您看起来更生动。再说，不知为何，对我而言，我觉得这很美，生动而迷人。我害怕光滑无瑕的脸。"

她笑了起来：

"您为了安慰我，简直要让美容院破产啦。多米尼克，您真好。真的非常好。"

我羞愧极了。

"我并没有那么好。"

"我惹您不高兴啦？年轻人都不喜欢当个好人。但您从来说话讨喜，也不搬弄是非。您对人怀着爱意，所以我觉得您完美无缺。"

"我并不是那样的。"

我很久没有谈论自己了。然而，我十七岁之前常常这么做。我感到了某种倦怠。事实上，只有当吕克爱我，对我感兴趣的时候，我才能对自己产生兴趣，才能爱自己。这个想法真是愚蠢。

"是我反应太夸张了。"我高声说。

"而且您显然魂不守舍。"弗朗索瓦丝说。

"因为我不喜欢。"我说。

她看着我。我突然产生了什么样的恶念呢？真想告诉她：弗朗索瓦丝，我可能爱上吕克了，我也非常爱您，您抓紧他，带他走吧。

"您和贝特朗之间真的结束了吗？"

我耸耸肩：

"我没有再见他了。我的意思是：我眼里不再有他了。"

"或许您应该跟他说？"

我没有回答。对贝特朗说什么呢？说"我不想再见到你了"？但我明明是想见他的。我很喜欢他。弗朗索瓦丝微笑着说：

"我明白的。一切都没那么容易。来吃午饭吧。我在科马丹街上看到一件针织衫，配这条裤子很好看。我们一起去看看吧，然后……"

我们聊着穿着打扮，愉快地走下了楼。我对这类话题其实不太感兴趣，但我喜欢这样说话，没有实际内容，我会抛出一个形容词，故意说错惹她生气，两个人说说笑笑。楼下，吕克和贝特朗正在吃午饭。他们在聊去泳池的事儿。

"我们可以去游泳吗？"

这话是贝特朗说的。也许他认为自己比吕克更耐得住刚回暖一点的天气。但也许他并没有这种阴暗的想法？

"这是个好主意。另外，我也可以教多米尼克开车。"

"别发疯了，别发疯了。"贝特朗的母亲穿着一件华丽的晨袍走了进来，"你们睡得好吗？还有你呢，我的小宝贝？"

贝特朗看起来有些尴尬，摆出一副与他不相称的大人样儿。我希望他能开心。人们总是希望自己伤害过的人能够开心起来，那样心里才会好受点。

吕克站起身，一副明显受不了他姐姐的样子。我觉得这很好笑。我也有过这种生理上的厌恶，但我不得不隐藏起来。吕克身上有种孩子气。

"我去楼上拿泳衣。"

在一片嘈杂混乱中，每个人都开始收拾各自的东西。终于，大家都准备好了。贝特朗和他母亲搭他母亲朋友的车离开，又剩我们三个人一车。

"你来开车吧。"吕克说。

我大概知道怎么开，开得还行。吕克坐在我旁边，弗朗索瓦丝对危险一无所知，坐在我们后面说着话。我又一次深深怀念起那些本来可能发生的事：有吕克在侧的长途旅行，被车灯照亮的道路；夜晚，我靠在吕克的肩上，吕克开得又稳又快。乡间黎明，海上黄昏……

"您知道吗，我从没见过大海……"

这是一句抗议。

"我会带你去看的。"吕克轻声说。

然后他转头向我微笑，像是在做一个承诺。弗朗索瓦丝没有听到他说的话，接话道：

"下次我们去海边的时候，吕克，一定要带上她。她肯定会说：'好多水，好多水啊！'"像是模仿什么人似的。

"我可能会先下水，"我说，"然后再说话。"

"您知道吗，大海真的很美，"弗朗索瓦丝说，"黄色的海滩、红色的岩石，还有蓝色的海水涌上来……"

"我喜欢你的描述，"吕克笑着对弗朗索瓦丝说，"黄的、蓝的、红的，用词像学生一样。当然啦，"他转向我，用抱歉的口吻补充道，"我指的是那种年纪轻的学生，有些年纪更大些的学生文采也很好。左转，多米尼克，您要是可以的话……"

我做到了。我们开上了一片草坪。草坪中间有个大泳池，里面满是浅蓝色的池水，我已经提前感到寒冷了。

我们很快就换上泳衣，走到了泳池边。我碰到了吕克，他刚从更衣室走出来，看起来不太高兴。我问他为什么，他报以一个有点尴尬的微笑：

"我觉得自己不好看。"

然而并非如此。他高高瘦瘦，背略微有点驼，没怎么晒黑。但他看起来如此不开心，他小心翼翼地把毛巾围在身前，看起来简直像个苦恼自己"青春期"的男孩，让我都觉得心疼。

"看看，看看，"我用轻快的语气说，"您才没有那么丑！"

他斜眼瞪了我一眼，几乎算得上震惊，然后笑了起来。

"你呀，你都开始不尊重我了！"

然后他跑起来，跳入水中。结果他一入水就立马浮出水面，冷得龇牙咧嘴，叫唤连连，弗朗索瓦丝走过来坐在池沿。她这样比穿寻常衣服更好看，像是尊卢浮宫的雕像。

"实在是太冷了，"吕克把头探出水面说，"五月就来游泳可真是疯了。"

"四月不减衣，五月随心意。"贝特朗的母亲引经据典地说。

但是她一把脚碰到水，就回去穿衣服了。看着池边这群人，他们的皮肤还没晒黑，一个个说说笑笑、打打闹闹，我感到一阵温柔的愉悦，但同时萦绕着一丝愁绪：我究竟在这里干什么？

"你要下水吗？"贝特朗问。

他单脚站在我面前，我赞赏地打量着他。我知道他每天早上都举哑铃，有个周末，我们待在一起。他以为我睡得很熟，其实我半睡半醒，看到他天亮就在窗前做各种动作，当时我默默地笑出了眼泪，但现在看来似乎很有效果。他看起来清爽又健康。

"这可是我们做日光浴的好机会，"他说，"你看看其他人。"

"我们下水吧。"我说。我怕他等下又因为母亲惹自己不高兴而顶撞她。

　　我硬着头皮下了水，游了一圈做做样子，出水的时候冻得直哆嗦。弗朗索瓦丝用毛巾帮我擦拭。我不明白她为什么没有孩子，她明明很适合做母亲，她的胯部宽阔，身体丰腴，性情温柔体贴。实在太可惜了。

第七章

这周末过后的第二天，我跟吕克约了下午六点见面。我有预感，在这次庸碌生活的全新尝试之后，我们之间将会产生某种无可挽回、令人窒息的结果。但我已经做好了准备，像个十七世纪的年轻女孩一样，向他索要一个吻作补偿。

我们约在伏尔泰河岸的一家酒吧见面。让我惊讶的是，吕克已经到了。他的脸色很不好，看起来很疲惫。我坐到他旁边，他马上点了两杯威士忌。之后他问我贝特朗的近况如何。

"他还好。"

"他难受吗？"

他提问的时候心平气和，并未语带嘲讽。

"他为什么会难受呢？"我愚蠢地问道。

"他不是傻子。"

"我不明白您为什么要和我谈起贝特朗。这是……呃……"

"这不要紧吗？"

这一次，他的问题带着嘲讽之意。我有点不耐烦：

"不是不要紧，但总之不是很重要。既然要谈重要的事情，我们还是谈谈弗朗索瓦丝吧。"

他笑了起来：

"你看，多有意思。在这种事里，对方……这么说吧，对方的伴侣对您来说似乎是个比自己的伴侣更大的障碍。这么说也许很恶劣，但事实就是，当我们了解一个人的时候，也就了解这个人受伤的样子，这伤害也就变成了可接受的。或者不是可接受，至少是已知的，也就没那么可怕了。"

"我不太了解贝特朗会怎样受伤……"

"那是因为你还没有足够的时间去了解。而我呢，我已经结婚十年了，因此见过弗朗索瓦丝伤心的样子。那真的让人很不好受。"

有一瞬间，我们都一动不动。也许我俩都在心里想象着弗朗索瓦丝伤心的场景。我的脑海中浮现了弗朗索瓦丝靠墙背过身去的绝望场景。

"虽然很傻，"吕克最后说道，"但你明白吗，事实没我想的那么简单。"

他拿起威士忌，仰头喝了下去。我感觉自己仿佛又置身于电影院。我试图告诉自己，现在不是置身事外的时候，但感觉还是一点也不真实。吕克在这里，他会做出决定，一切都会好起来。

他微微向前倾身，双手握着喝空的杯子，规律地晃动着杯中的冰块。他没有看我，兀自开始说话。

"我的确有过一些外遇。弗朗索瓦丝通常都不知道。除了几次运气不好。但那些也不过玩玩而已。"

他直起身，带着某种怒气：

"你也一样，玩玩而已。一切都是玩玩而已，没什么比得过弗朗索瓦丝。"

我听着这些话，不知道为什么，一点也不觉得痛苦，就好像在听一堂与我无关的哲学课。

"但这次不一样。一开始我渴望你，不过就是我这个年纪的男人对你这种狡黠、固执，又难相处的小姑娘的渴望。我本来也跟你说过。我想要征服你，跟你一度春宵，但我没想到……"

突然，他转头看着我，抓住我的手，开始温柔地对我说话。我看着他的脸，很近，近到我能看到他脸上的每一条纹路。我热切地听他说话，这次，我终于用上了一种主动而又一丝不苟的专注，内心也没有了那些细小的声音。

"我没想到我会喜欢上你。我很喜欢你，多米尼克，我很爱你。我不会说'真的'爱你，那是小孩子说的话。但我们如此相似，你和我。我不只想和你一度春宵，我还想和你一起生活，和你一起去度假。我们会很开心，柔情脉脉。我会带你去看海，教你金钱观念，让你了解某种形式的自由。我们在一起会不那么无聊，就是这样。"

"我也很想这样。"我说道。

"之后我会回到弗朗索瓦丝身边。你有什么风险呢？是会依恋我，会痛苦吗？但那又怎么样呢？总比无聊要好吧。你宁愿感受愉悦和痛苦，也不愿意什么都没有，不是吗？"

"当然了。"我说。

"你有什么风险呢？"吕克重复道，仿佛为了说服自己一般。

"而且说到痛苦，痛苦，别那么夸张，"我继续说道，"我的心没那么脆弱。"

"好了。"吕克说，"我们可以看情况再考虑。说点别的事吧，你还想来一杯吗？"

我们一起举了杯。我能想到的最明确的事，就是我们也许会一起开车出行，就像我曾经幻想，但以为绝无可能的那样。然后我会尽力不要爱上他，我知道桥梁已经提前被切断了。我还没有那么疯狂。

我们一起在河畔散步。吕克和我边说边笑。我也在笑着。我心想，和他在一起总是要笑，但我觉得很放松。

阿兰说，"笑是爱的产物"。可我们之间无关爱情，只是契合。但我总归挺骄傲的：吕克在意我，他喜欢我、渴望我，我可以认为自己是个有趣、值得喜欢、值得渴望的人。从前，每当我想起自己时，意识里就会出现一个差得可怜的形象，现在看来或许是我对自己太苛刻、太悲观了。

跟吕克分开后，我进了一个酒吧，用本来打算付晚饭钱的四百法郎又点了杯威士忌。十分钟后我就醺醺然了，我觉得自己温柔、善良、可爱。我需要碰到某个走运的人，与他诉说我所知的那些生活的艰难、甜美和激烈。我可以一直说个不停。酒吧的服务生人挺好的，但他对此没什么兴趣。于是我又去了圣雅克街的咖啡馆，在那里遇到了贝特朗。他一个人坐着，面前有几个小茶碟。我坐到他旁边，他好像很高兴见到我。"我正想着你呢。肯塔基酒吧来了个新的波普乐队，一起去吗？我们已经很久没跳舞了。"

"我一分钱都没有了。"我可怜巴巴地说道。

"我妈妈前几天给了我一万法郎。我们再喝几杯就去吧。"

"但现在才八点，"我反对道，"那边要十点才开门。"

"那就再多喝几杯。"贝特朗愉悦地说。

我很开心。我很喜欢和贝特朗一起跳波普，它的节奏很快。唱片机里放着的爵士乐让我的腿也跟着动了起来。贝特朗结账的时候，我意识到他一定喝了不少。他很高兴。而且，他是我最好的朋友，我的兄长，我深深地爱着他。

我们去了五六个酒吧，一直到十点。后来我们完全醉了，疯狂又高兴，甚至不是情绪使然，而是酒精使然。我们到肯塔基酒吧的时候，乐队已经开始演奏了，现场没什么人，所以舞池几乎完全属于我们俩。我以为我们肯定跳不好，结果我们跳得非常好，非常放松。我真喜欢这样的音乐，它给我带来冲击，随着音乐起舞时，我全身心都感受到了愉悦。

我们只在喝酒的时候才会坐下来。

"音乐，"我对贝特朗小声说，"爵士乐就是快节奏的无忧无虑。"

他突然直起了身子：

"就是这样。真、真有意思。完美的比喻，多米尼克，说得好！"

"是吧？"我说。

"肯塔基的威士忌不怎么样，但音乐不错。音乐等于无忧无虑……对什么无忧无虑来着？"

"我不知道。听，小号的乐声，小号不仅让人无忧无虑，它还是必要的。它必须演奏到最后一个音符，你感受到了吗？这是必要的。就像是爱，你知道吗，性爱，在某个时刻，它必须……必须如此。"

"说得对。真、真有意思。我们跳舞吗？"

我们整晚都在喝酒，说着些含混不清的拟声词。最后，我感到一阵眩晕，贝特朗的脸庞、脚和手臂仿佛都在离我远去，但音乐又让我寻回他，我们的身体带着不可思议的温热和柔软……

"酒吧要关门了。"贝特朗说，"已经四点了。"

"我的公寓也关门了。"我说。

"没关系。"他说。

确实没关系。我们可以回他家，一起躺在他的床上。这很正常，这一夜，就像之前整个冬天那样，贝特朗压在我的身上，我们一起感受幸福。

第八章

早上，他躺在我身侧，我们的身体紧贴在一起。时间应该还早，但我睡不着了。我心想，不仅他在梦乡神游，我同样不在此处。真正的"我"仿佛在很远的地方，在郊区的房子边，在树林、田野里，在童年，静静地待在一条小路的尽头。这个抵着熟睡男人的年轻女孩仿佛只是一个苍白映像，真正的"我"其实一派平静、很难被打动。而为了能够生活下去，我已经与其保持距离。与那个永恒的"我"相比，我更爱现在的生活，于是把那尊雕像留在了小路尽头的半明半暗之处，任由它肩上像落着鸟儿一般，落着所有可能的，以及未被选择的生活。

　　我伸了个懒腰，穿上衣服……贝特朗醒了，打着哈欠问了我些什么，他用手摸了摸脸颊和下巴，抱怨着新长出的胡楂儿。我们约了晚上见，然后我就先回住处复习了。其实这根本是无用功。天特别热，也马上到中午了。我要跟吕克和弗朗索瓦丝一起吃午饭，没必要非学这一个小时的功课。我又出门买了盒香烟，回来抽了一支。在点烟的时候，我突然意识到整个早上我都没做任何事。好几个小时里，只有一些下意识动作，其他什么都没发生，片刻都没有。那我又是怎么发现这件事的呢？我不相信是因为公交车上人们那迷人的微笑，也不是因为街上热闹的生活，我也不喜欢贝特朗。肯定是因为某个人或者某件事。我点着烟自言自语，几乎是高声地说着"某个人或某件事"，这让我觉得自己有点夸张，夸张又好笑。就这样，我也像卡特琳娜一样，有了这些情绪激动的时刻了。我喜欢爱，也喜欢那些与爱有关的词汇——温柔、残酷、柔情、信任、极端——但不喜欢任何人。吕克，当他在的时候也许会，但自昨晚起，我就不敢想起他。只要想到他，我就感到喘不过气来，我不喜欢这种放弃的滋味。

等候吕克和弗朗索瓦丝的时候，我感到一阵莫名的眩晕，于是我快步走到洗手间。恢复过来后，我抬起头，看着镜子里的自己。我花时间来考虑是对的。"就是这样，"我大声说，"它来了！"噩梦又开始了，我熟悉这样的噩梦，从前我总误以为这是怀孕了。但这次也许是因为昨天晚上的威士忌，真的不必惊慌。我的内心已经开始激烈地争论。我看着镜中的自己，带着好奇和自嘲。我也许是中了陷阱。我要告诉弗朗索瓦丝，只有她可以帮我摆脱这个困境。

但我没告诉弗朗索瓦丝，我不敢告诉她。而且，午饭的时候，吕克让我们喝了酒，所以我有点忘记这件事了，我试图保持理智。但是，贝特朗这么嫉妒吕克，他难道不会用这个法子来留住我吗？我发现自己已经有了所有的症状……

那天之后的一个礼拜仿佛早早进入了夏天，热得令人不敢相信。我在路上走着，因为天一热，我的房间就待不下去了。我含糊其词地询问卡特琳娜有没有什么可能的解决之法，但我什么都不敢吐露。我不想再见吕克和弗朗索瓦丝，他们是如此自由而坚强。我病了，就像野兽一般，时不时发出神经质的狂笑。我无事可做，无能为力。这个星期结束的时候，我几乎确信自己怀了贝特朗的孩子，我变得更平静了一些。我应该振作起来……

　　但是考试前一晚，我发现自己搞错了，这确实只是个噩梦而已。然后我带着放心下来的笑意参加了笔试。只是，这十天来，我只想着这一件事，而现在，其他事物都让我感到惊喜。一切重新变得充满可能，变得令人愉快。有一次弗朗索瓦丝碰巧来我的住处，因为屋里的酷热尖声叫嚷起来。她提议我去他们家准备口试。因此，我来到了他们的公寓，在他们家的白色地毯上独自复习功课。百叶窗半关着。弗朗索瓦丝会在大约五点的时候回来，给我展示她新买的东西，随口询问我的复习计划，然后我们一起说说笑笑。吕克也会回来，跟我们一起谈笑。我们会在露天座吃晚饭，之后他们会送我回家。那一周里只有一天，吕克先于弗朗索瓦丝回来了。他来到我复习功课的房间，跪在我身旁的地毯上，把我抱进怀里亲吻，一言不发，压在我的本子上。我重新吻上他的嘴唇，仿佛我只吻过他一个人的嘴唇，仿佛这两周以来我只想做这一件事。之后他跟我说，放假期间他会给我写信，而且，如果我愿意的话，我们可以找个地方度过一周。他抚摩着我的脖颈，寻找我的嘴唇。我想就这样靠着他的肩膀，直到夜幕降临，或许还会一直轻声抱怨我们并不相爱。这个学年结束了。

第二部分

第一章

　　房子占地狭长，灰扑扑的。草坪一直延伸到约纳河，隐入到芦苇丛和乳状的河水中去。约纳河绿而厚重，常有燕子飞过，白杨树缀在两旁。我特别喜欢其中的一棵，常常来它旁边躺下，脚抵着树干，头枕在枝丫的树影里，看着它们在高处的风中摇摆。土地散发着暖暖的草香，给我带来长久的愉悦，也让我觉得自己渺小无力。我十分熟悉这里的风景，不管阴雨天还是夏日。我熟悉它，早在熟悉巴黎、街道、塞纳河与男人们之前。它从不曾改变。

　　我居然奇迹般通过了考试，所以假期里我只是看看书，然后慢吞吞地回家吃饭。我母亲在十五年前失去了一个儿子，当时情况悲惨，后来她一直神经衰弱，直到整个家都弥漫着神经衰弱的氛围，一砖一瓦都带着一种虔诚的悲伤。我父亲小心翼翼地行走其中，给我母亲拿来披肩。

贝特朗会给我写信。有一次他给我写了一封信，让我觉得奇怪又困惑。信里满是对我们在肯塔基酒吧那晚的暗示——也就是据他所说对我无礼的那一晚。只是，我没觉得他那晚比往常无礼。在这方面，我们的关系一向相当简单、令人满意，所以我想了很久他到底在暗示什么，还是毫无头绪。最后我终于明白了，他试图在我们的关系中引入一种低俗的默契，也就是肉欲。他想找到一些能让我们彼此联结的东西。他确实找到了，但这次，他选择了有些低级的那一种。这让我在一开始对他感到怨恨，因为他把我们之间最愉悦，其实也最纯粹的事情复杂化了。但我也不知道，有时候，人是否真的会无所不用其极，甚至去做最糟糕的事，也不愿接受那些意料之中、平淡无奇的结果。而对他来说，意料之中、平淡无奇的结果就是我不再爱他。我还知道，让他感到遗憾的是"我"，而不再是"我们"，因为从一个月前就没有"我们"了，这让我更难过。

　　这个月以来都没有吕克的消息，只有弗朗索瓦丝给我寄的一张亲切的明信片，带着吕克的签名。我带着某种愚蠢的骄傲，不停重复：我并不爱他。证据就是，他这段时间音信全无，但我丝毫没有感到难受。我认为，要想让"我不爱他"变得毋庸置疑，我既不需要对此感到羞辱，也不必像现在这般做出一副扬扬得意的样子。纠结这些总归会让我不快。我觉得自己很有分寸。

　　而且我还挺喜欢这个本该让我感到非常无聊的房子。我当然觉得无聊，但这种无聊让我感到愉悦，不像我在巴黎与人打交道时那样拘束。我对每个人都极为友善和亲切，并且乐在其中。我在家中晃荡，在室外晃荡，日子一天天过去，什么事情都不做，多么轻松啊！这种无所事事让我的面孔和皮肤都微微晒黑。我不带丝毫等待意味地静待假期结束。还有阅读。假期就像一块泛黄而暗淡的巨大污渍。

　　吕克的信终于还是来了。他告诉我，九月二十二日他会去阿维尼翁。他会在那里等着我，或者等着我给他回信。我突然决定亲自赴约。过去的这一个月一下子变得简单明了，仿若天堂。不愧是吕克啊——这平静的语气，这可笑而出乎意料的阿维尼翁之约，这明显的兴致缺缺。我开始编织谎言，我写信给卡特琳娜让她假意邀请我。卡特琳娜照做了，同时回了另一封信，说她很惊讶，因为贝特朗去了蔚蓝海岸，他们那群人都去了，那我到底是去找谁呢？我的不信任让她觉得伤心，她不明白我为什么这么做。我去信向她表示了感谢，并且简单干脆地表明，她要是想让贝特朗伤心的话，把我的信告诉他就是……后来她确实告诉了他，当然，她说这么做是出于对他的友情。

九月二十一日，我带着轻巧的行李，出发前往阿维尼翁。幸运的是，阿维尼翁正好在去往蔚蓝海岸的沿线。我的父母送我去车站。告别的时候，我也不知道自己为什么哭了。也许是因为我第一次放弃了童年，放弃了家中的安全感。我已经提前对阿维尼翁感到了厌恶。

由于吕克此前的杳无音信和他信里心不在焉的口吻，我对他的印象变得疏离和冷硬。我几乎怀着戒备心来到了阿维尼翁，以一种不舒服的心态来赴一个所谓爱的邀约。我来并不是因为他爱我，也不是因为我爱他。我们来只是因为我们语言共通，互不讨厌。仔细想想，这些理由似乎站不住脚，我开始害怕这次旅行。

但吕克再次让我吃了一惊。他焦急地在站台上等着，看到我时显得很开心。我下了车，他把我紧紧抱在怀里，轻柔地吻我。

"你的气色好极了。你能来我很高兴。"

"您也是。"我指的是他的气色。他确实晒黑了，瘦了，比在巴黎的时候还英俊得多。

"你看，我们完全没必要留在阿维尼翁。我们去海边吧，毕竟我们就是为了看海来的。去了再看情况。"

他的车就停在火车站前。把我的行李放到后备箱后，我们就出发了。我感到十分惊讶，还有一丝不合常理的失望。因为我不记得从前的他有这么迷人和快活。

道路两旁栽满了法国梧桐，十分美丽。吕克抽着烟，我们在阳光下行驶得飞快。我心想：是的，我来了，就是现在。但我什么感觉都没有，一点也没有。我完全可以在我的白杨树下读书，懒懒散散的。想着想着，我终于开心起来。我转头问他要了一支烟。他笑了笑：

"感觉好些了吗？"

我笑了起来。

"是的，感觉好多了。就是有点疑惑自己跟您一块儿要做什么，仅此而已。"

"你什么都不用做，你就散散步，抽支烟，琢磨自己接下来会不会无聊。你不想我吻你吗？"

他停下车，搂住我的肩膀亲吻了我。这是我们之间确认彼此的绝佳方式。我贴着他的唇微笑，然后我们继续出发了。他握着我的手。他很了解我。这两个月来，我和熟悉的陌生人待在一起，沉浸在一场我无法参与的悲痛之中。而现在，我的生活似乎悄然重新开始了。

大海真是令人惊叹。我有一瞬间遗憾弗朗索瓦丝没有在场，不然我就能跟她说海真的很蓝，还有红色的岩石和黄色的沙子，她的用词很精准。我有点害怕，要是吕克得意扬扬地向我展示大海，并观察我的反应的话，那我就不得不用上各种形容词，做出赞叹的表情回应。

然而，当我们到达圣拉斐尔时，他只是伸手向我指了指。

"这就是大海。"

夜幕降临，我们的车缓慢地行驶。身旁的大海慢慢由灰白变成了灰色。到了戛纳，吕克在十字大道的一家大酒店门前停了车，这酒店光是大堂就令我望而却步。我知道，我得忘记这些富丽堂皇的装饰、这些提行李的服务生，把一切都当作习以为常，当作没有目光在注视我、没有任何威胁，我才会变得高兴。吕克和一个神态傲慢的男人在柜台后面闲谈。我真想离开这里。他感觉到了，把手放在我的肩膀上，引导我穿过大堂。我们的房间很大，几乎是全白的，有两扇朝着海景的落地窗。房间里嘈杂一片，送行李的服务生、行李、敞开的窗户和开闭衣柜的声音此起彼伏。我置身其中，手忙脚乱，对自己的无力感到愤怒。

"好啦。"吕克说。

他满意地环顾了一眼房间，斜靠在阳台上。

"来看看。"

我来到他旁边倚着阳台，和他保持着适当的距离。

我一点也不想隔着窗户看海，也不想和这个我不了解的男人太过亲近。他瞥了我一眼。

"你看，你又回到了这副难相处的样子。去洗个澡吧，然后回来和我喝一杯。看你的样子，只有舒舒服服喝点酒，你才能开心起来。"

他说得对。我沐浴更衣之后，和他并肩倚在阳台上，手上拿着一杯酒，一遍遍地跟他夸赞浴室很棒，大海很美。他说我看起来美极了，我说他也一样。我们凝视着棕榈树和人群，神情愉悦。之后他又给我倒了杯威士忌，然后去换衣服了。我光着脚、哼着曲子，在厚厚的地毯上走来走去。

晚餐非常愉悦。我们十分理智而温柔地提起弗朗索瓦丝和贝特朗。我希望不要碰到贝特朗，但吕克告诉我，肯定会有人看到我们，然后很高兴地把一切都告诉贝特朗和弗朗索瓦丝，所以回去前要做好心理准备。我很感动他愿意为我冒这个险。我边说边打着哈欠，因为我困得要命。我还告诉他，我喜欢他处理事情的方式：

"这样很让人舒适。您一旦决定了就去做，而且接受后果，不感到害怕。"

"你觉得我有什么好害怕的？"他带着一种莫名的悲伤说道，"贝特朗不会杀了我。弗朗索瓦丝不会离开我。你也不会爱上我。"

"也许贝特朗会杀了我。"我不悦地说道。

"他不会的，他人太好了。不过，其实大家都不是坏人。"

"做坏人更无聊，这是您告诉我的。"

"你说得对。已经很晚了，来睡觉吧。"

他说这句话的时候很自然。我们之间的对话并不掺杂情欲，但是这句"来睡觉吧"让我感到有点轻浮。事实上，我很害怕，很害怕即将到来的夜晚。

在浴室的时候，我颤抖着穿上了睡衣。是件挺学生气的睡衣，但我没有别的衣服了。我走进房间时，吕克已经躺下了。他抽着烟，脸看向窗外。我钻进被窝，躺到他身边。他平静地伸出一只手来握住了我的手。我打着哆嗦。

"脱掉这身睡衣吧，小傻瓜，你会把它弄皱的。这样的晚上你都觉得冷吗？你生病了吗？"

　　他搂住我，小心翼翼地帮我脱下睡衣，团成一团丢在了地上。我提醒他，这样睡衣还是皱了。他轻笑起来。他的一切举动都变得无比温柔。他温柔地吻着我的肩膀、嘴唇，继续说道：

　　"你闻起来有一股暖烘烘的青草味道。你喜欢这个房间吗？不然我们也可以去别的地方。戛纳挺不错的……"

　　我回答"是的，是的"，喘不上气来。我真希望时间能直接到第二天早上。直到他稍稍松开我，手掌抚上我的胯，我才终于感到慌乱不安。他抚摩着我，我吻着他的脖子、胸口以及一切我能触碰到的地方，落地窗外的天空下，他的身体如同黑色的暗影。最后，他的腿滑进了我的双腿间，我的手滑过他的背，我们一起喘息。然后我再也看不见他，看不到戛纳的天空了。我感觉自己正在死去，即将死去，但我没有死，我只是失去了知觉。其余一切都毫无意义：怎么能一直不明白这一点呢？当我们彼此分开时，吕克重新睁开了眼睛，对我微笑。而我把头靠在他的臂弯，立刻睡着了。

第
二
章

　　人们总说，和某个人一起生活是件很困难的事。我也这么认为，虽然我在这次与吕克的短暂相处中并没有真正体会到这一点。我之所以这么认为，是因为跟他在一起时，我从来无法真正放松，我担心他会觉得无聊。然而，我也不得不意识到，通常来说，我更担心自己厌倦别人，而不是别人厌倦我。这种颠倒让我感到不安。但和吕克这样的人一起生活真的很困难吗？他几乎不怎么说话，从不问任何事（尤其是不会问："你在想什么？"），只要我在，他就一副很高兴的样子，从不苛求我态度的疏离或热情。我们有着相同的步伐、相同的习惯、相同的生活节奏。我们喜欢彼此，一切都很好。尽管他不会付出撕心裂肺的努力去爱一个人，去了解她、打破她的孤独，但我并不为此感到遗憾。我们是朋友，是爱人。我们在蓝得过分的地中海里一起游泳，吃饭时聊些不痛不痒的闲天，在太阳下昏昏欲睡，然后回到旅馆。有时，在他的怀里，在做爱过后的那种款款深情中，我想对他说："吕克，爱我吧，试一试，让我们试一试吧。"但我没有说出口，只是亲吻他的额头、眼睛和嘴唇，亲吻这张新奇面孔上的每一处起伏，用眼睛，然后用嘴唇探索这张敏感的脸。我从未如此深爱过一张脸。我甚至爱上了他的脸颊，尽管我从前一直觉得脸颊这个部位没有肉，像"鱼"一样。现在，当我的脸贴着吕克那清清凉凉、因为新长的胡楂儿而有些粗糙的脸颊时，我理解了普鲁斯特为什么花了那么多笔墨描述阿尔贝蒂娜的脸颊。他还让我认识了自己的身体，他饶有兴趣地讨论它，但不带任何猥亵之意，就像对待一件珍贵的物品。然而，我们的关系并不能以肉欲来定义，而是另外的东西，一种痛苦的默契。我们都对生活这场闹剧感到疲惫，对话语感到疲惫，或者简单来说，只是疲惫。

晚饭后，我们总是去同一家酒吧，它位于安提布街后面，有点昏暗。有个小型乐队在那儿演奏。有一次，吕克一走进去就请他们演奏《孤单与甜蜜》，那是我跟他提过的曲子。他得意地转过身来看着我：

"你是不是就想听这首曲子？"

"是的。谢谢你这么贴心的考虑。"

"它让你想起贝特朗了吗？"

我回答他是的，是有一点，有段时间唱片机里总播放这首曲子。他的脸色变得不太高兴。

"真讨厌。我们可以换首曲子。"

"为什么？"

"当你发展一段关系时，要选择一首曲子，像这样，还有一瓶香水和一些可以留念的标记，将来好派上用场。"

我的表情应该很好笑，因为他笑了起来。

"你这个年纪是不会考虑将来的。而我正准备愉快地老去，我要准备些唱片来安度晚年。"

"你有很多唱片吗？"

"没有。"

"太遗憾了，"我生气地说，"我要是到了你这个年纪，肯定有一整架唱片。"

他小心翼翼地握住我的手。

"你伤心了吗？"

"没有，"我泄气地回答，"只是觉得有点可笑。一两年后，我人生中的一整个星期，与某位先生一起度过的、历历在目的一星期，只会变成一张唱片。尤其是这位先生早就知道这一点，还这么说了出来。"

我感到有些恼恨，眼泪涌上了眼眶，因为他对我说"你受伤了吗"。当有人用这种语气跟我说话的时候，我总是有想哭的冲动。

"除此之外，我没有伤心。"我紧张地补充道。

"来吧，"吕克说，"我们跳舞吧。"

他搂住我，我们开始就着贝特朗的曲子跳舞，但现场的音质完全比不上唱片机里录好的版本。跳舞的时候，吕克突然搂紧了我，带着某种或许是绝望的柔情，我也搂紧了他。之后他松开了我，我们开始谈论别的事。后来我们换了一首很耳熟的、到处都在放的曲子。

除了这场小争执，我觉得自己做得不错。我很高兴，觉得我们的小冒险非常成功。而且，我很钦佩他，他的聪慧、稳妥和气魄都让我不得不钦佩。他有着某种气魄，这让他处事精准，恰如其分，既不过分放肆也不轻言讨好。只有一点，我有时忍不住生气地想问他："你为什么不爱我呢？难道现在这样对我来说就轻松了吗？为什么不索性在我们之间竖起一块玻璃板阻挡激情呢？这样虽然有时会显得怪异，却很方便。"但是不行，我们是同一种人，既并肩战斗，又互相理解。我不能成为他追逐的对象，他也不能成为追逐我的人。他不会考虑这样的可能，不会费这种力气，也没有这样的意愿。

计划好的这周结束了，吕克没提离开的事。我们晒得很黑，脸色也不太好。因为我们在这个酒吧里度过了许多夜晚，谈天说地，喝酒，等待黎明。那是平静无波的大海上的白色黎明，所有船只都静止不动，一群优雅而疯狂的海鸥在酒店屋檐下打瞌睡。然后我们回去，跟同样困倦的服务生打招呼，吕克抱住我，在半昏睡的疲惫中与我做爱。之后我们在中午醒来，然后去洗澡。

这天早上——本该是最后一天的这个早上，我觉得他是爱我的。他在房间里来回踱步，表情犹豫，让我心生好奇。

"你是怎么跟家里人说的？说了什么时候回去吗？"

"我跟他们说'大概一周后'。"

"如果你愿意的话，我们再待一周？"

"可以……"

我意识到自己从未真正想过要离开。我的生活在这家旅馆里流淌，这儿已经变得周到、舒适，就像一艘大船。和吕克在一起，我的每个晚上都将是不眠之夜。即使说着一切不过是暂时的，但我们将温柔地走进冬日，走向死亡。

"但弗朗索瓦丝应该正等着你吧？"

"我可以解决。"他说，"我不想离开——戛纳，还有你。"

"我也不想。"我以同样平静而克制的声音答道。

同样的声音。一瞬间，我觉得他也许是爱我的，只是不想对我说，这让我心中小鹿乱撞。然后我想起来，爱不过是个说法，他确实喜欢我，这就足够了。我们只是再给彼此一周的幸福时光。之后我就要离开他。离开他，离开他……但这又是为什么，为了谁，为了做什么呢？为了重新回到那种时有时无的厌倦，无处不在的孤独？至少，当他看着我的时候，我看到的也是他；当他和我说话时，我想要理解他。我对他感兴趣，希望他能幸福。吕克，吕克，我的爱人。

"是个好主意。"我补充道，"说实话，我从未想过要离开。"

"你什么都没想过。"他笑了起来。

"只要和你在一起，我确实什么都不想。"

"为什么？你觉得自己年纪还小，不用负责任？"

他带着嘲弄，微微笑了一下。要是我真流露出这种想法的话，他肯定会迅速撇清我们俩之间这种"小姑娘和长腿叔叔"的关系。幸好，我觉得自己完全是个成年人，成熟而麻木。

"不，"我说，"我觉得自己完全可以负起责任。但为了什么负责呢？为我的人生吗？我的人生很顺遂，并不艰难。我不觉得痛苦。我很愉快，但谈不上幸福，我什么都不是，只有和你在一起时才觉得很好。"

"那太好了。"他继续说，"跟你在一起我也觉得很好。"

"那就像猫一样舒服地打发日子吧。"

他笑了起来。

"每当数落你有点奇怪，或者数落你成天感到绝望的时候，你就像只生气的小猫，我不想你跟我在一起时，像猫一样舒服，像你说的那样，也不想你感到愉悦。那会让我厌倦。"

"为什么？"

"我会感到孤独。这是弗朗索瓦丝唯一让我害怕的一点。当她在我身边，当她什么都不说，这样就很满意的时候，我会感到孤独。尽管对一个男人来说，或者从世俗的角度来看，让一个女人幸福是非常合理的，虽然也不知道这是什么道理。"

"总归，这样很好。"我突然说道，"你让弗朗索瓦丝感到幸福，让我回去时感到痛苦。"

我脱口而出这句话之前就后悔了。他转向我。

"你，痛苦？"

"不，"我微笑着回答道，"只是有些混乱。我需要找个人照顾我，但没人比你更有这个能力。"

"下次别再跟我说这样的话了。"他生气地说。

但他又转变了主意。

"好，你告诉我，把一切都告诉我。如果这个人很讨厌，我就把他揍一顿；如果人还不错的话，我会跟你说他的好话。总之，像个真正的父亲那样。"

他牵起我的手，把我的手心转了过来，温柔地、长久地亲吻着。我的另一只手抚摩着他靠过来的脖颈。他是个非常年轻、非常脆弱、非常好的人。这个人向我提议了一场没有明天、不谈感情的冒险。他很诚实正派。

"我们都是正派的人。"我一板一眼地说道。

"是的，"他笑着说，"就是以后可别这样抽烟，这样看起来可不正派。"

我穿着一件波点睡袍。

"另外，我真的是个正派的女人吗？我在这座病态的豪华宫殿里和别人的丈夫在做什么呢？还穿着这样挑逗的衣服？我跟圣日耳曼德佩区那些怀着别的心思破坏别人婚姻的坏女孩有什么区别？"

"是的，"他崩溃地说道，"那我呢，我就是那个丈夫，本来还算得上模范，却失去了理智，成了傻子，可怜的傻子……来吧……"

"不，不。我拒绝了你，却卑鄙地让你采取主动，在你的血管里点起情欲之火，自己却拒绝平息它。就是这样。"

他跌坐在床上，双手捧着脸。我坐在他旁边，神情严肃。当他抬起头时，我狠狠地盯着他的眼睛。

"我是个荡妇。"

"那我呢？"

"一个堕落的渣滓。曾经是个男人……吕克！还有一周的时间！"

我倒在他身上，我的头发和他的纠缠在一起；他贴在我的脸上，火热又清凉，有大海和盐的味道。

我独自一人，怀着某种满意的心情，坐在酒店门前的长椅上，对面就是大海。就我一个人，旁边只有几位英国老太太。现在是上午十一点，吕克应该在尼斯处理一些复杂的手续。我挺喜欢尼斯的，至少挺喜欢火车站到英国人漫步大道的那段路，也就是尼斯最俗气的那一面。但我没跟他一起去，因为我突然想独自一人。

我独自一人，打着哈欠，因失眠而感到疲惫，我觉得这样很好。划火柴点烟的时候，我的手指微微颤抖。九月的太阳轻抚着我的脸颊，并不算炎热。这次，我自我感觉良好。吕克说："我们只有疲倦的时候才会感觉良好。"的确，有一类人因无聊而不停地挑剔和感到烦闷，只有把他们这部分精力消耗掉，他们才能感觉良好。我就属于这类人。这部分精力会质疑我：你的生活过得如何，想要用这一生做什么？而我唯一能做出的回答就是：什么都不做。

一个非常英俊的年轻人走过，我打量了他一下，却毫无兴趣，这让我觉得有些不可思议。通常来说，好看的外貌至少在某种程度上会让我觉得局促。因为那似乎是不体面的，不可触及的。我觉得这个年轻人很英俊，却不真实。吕克让我眼里不再有其他的男人。相反，我却没有让吕克眼里只有我一个女人。他殷勤地看着她们，不会评头论足。

突然间，面前的大海陷入了一片雾气，我感到一阵窒息。我的手抚上额头，发现满是汗水，发根也湿透了。一滴汗沿着我的后背缓缓滑落。也许死亡就是这样：一片蓝色的雾气，一次轻轻的坠落。那我就可以死去了，我不会挣扎。

我抓住了这句在我的意识中稍纵即逝的话：我不会挣扎。然而，我真切地爱着某些东西：巴黎、气味、书籍、爱欲，以及我与吕克目前的生活。我有预感，我以后恐怕再也不会遇到比吕克更好的人，仿佛他长久以来便是为我而生的一般。我们的相遇或许带着宿命。而这就是我的命运：吕克会离开我，我会找个人重新开始，我肯定会这么做。但任何人都不会像他一样，能够让我如此不孤寂，如此平静，如此内心确定。只是，他会重新回到他妻子身边，把我留在巴黎的房间里，忍受一个个无休无止的下午、一阵阵来袭的绝望和一场场惨淡收场的关系。我不由得顾影自怜，小声啜泣起来。

我哭了三分钟，然后擤了擤鼻子。有位英国老太太在离我两把长椅远的地方盯着我看，她的神色并不是同情，而是一种让我觉得脸红的疑惑。然后我也凝神看着她。瞬间，我对她产生了不可思议的尊重。她是某个人，是另一个人。她看着我，我也盯着她看。阳光下，我们俩都好像福至心灵：两个语言不通的人注视着彼此，互相感到惊讶。然后她站起来，拄着拐杖蹒跚地离开了。

幸福是一种平淡的东西，无迹可寻。在戛纳的这段时光也是一样，我几乎没有留下任何具体的回忆，只记住了几个痛苦的时刻，吕克的笑声和夜晚房间弥漫着的那股夏日金合欢的幽香。也许对于像我这样的人来说，幸福只是不再考虑某种东西，不再考虑无聊，充满信任。现在，我对这种感觉非常熟悉，以至于有时候，当看到吕克的目光时，我觉得一切终于尘埃落定，他为我撑起了世界。他微笑着看着我。我知道他为什么微笑，我也想微笑。

　　我还记得一个情绪激烈的瞬间。那是一天早晨，吕克躺在沙滩上。我从一个筏子似的地方跳下去，然后爬上跳板的最高层。我看见吕克和沙滩上的人群，还有亲切等待着我的大海。我即将坠入其中，深陷其中；我将从很高的地方坠下，下坠的过程中，我孤身一人，感到了致命的孤独。吕克看着我，调笑地做出害怕的样子，然后我就跳了下去。大海扑面而来，把落到水面的我弄痛了。我游回岸边，扑到吕克身上，水溅了他一身。然后我把头靠在他干燥的背上，亲吻他的肩膀。

　　"你是疯了……还是太爱运动？"吕克说。

　　"疯了。"

　　"我也这么想，甚至觉得有些骄傲。想到你从那么高的地方跳下来是为了找我时，我很开心。"

　　"你开心吗？反正我很开心。肯定开心，因为我甚至都没问自己这个问题。这是显而易见的道理，对吗？"

我说话的时候没看着他，因为他趴在沙滩上，我只看到他的脖子，晒得黝黑又紧实。

"我会把你好好地还给弗朗索瓦丝。"我开玩笑地说。

"真不害臊！"

"你比我们害臊多了。女人们很不害臊。你只是我和弗朗索瓦丝之间的一个小男孩罢了。"

"真是自大！"

"你比我们自大多了。自大会让女人立刻变得可笑，但会让男人误以为自己很有男子气概，他们借此……"

"这些大道理快讲完了吗？跟我聊聊天气吧，度假时唯一该聊的话题就是天气。"

"天气很好，"我说，"特别好……"

然后我翻过身，睡着了。

当我醒来时，天空阴云密布，沙滩上已经空无一人。我感到筋疲力尽，口干舌燥。吕克坐在我旁边的沙滩上，已经穿好了衣服。他一边抽烟，一边看着大海。我盯着他看了一阵，没告诉他我已经醒了，第一次产生了纯粹客观的好奇心：这个男人到底在想什么呢？一个人在空荡荡的海滩上，面对着空荡荡的大海，身边的人还睡着了，这个人会想些什么呢？我看到这三重空寂压着他，显得那样孤独，以致我忍不住伸出手碰了碰他的胳膊。他完全没有被吓到。他从不一惊一乍，甚少感到惊奇，更不会惊声叫嚷。

"你醒了？"他懒洋洋地说，然后不情愿地伸了个懒腰，"现在四点了。"

"四点了！"我坐起身，"我睡了四个小时？"

"别慌，"吕克说，"反正我们也没什么事要做。"

这句话让我觉得很不舒服。的确，我们没什么要一起做的事，没有工作要做，也没有共同的朋友。

"你后悔吗？"我问道。

他转过头对我微笑。

"我就喜欢这样。穿上你的毛衣，亲爱的，不然会着凉的。我们回旅馆喝点茶吧。"

十字大道阴阴沉沉的，没什么阳光，老棕榈树在没什么劲的风中微微摇摆。旅馆里安静无声。我们叫了茶上来。我泡了个热水澡，然后躺回吕克身边，他在床上读书，时不时掸一掸烟灰。天空显得很忧郁，所以我们关了百叶窗。房间昏暗而闷热。我仰躺着，双手交叉放在肚子上，像个死去的人，或者像个大胖子那样。我闭上了眼睛，只有吕克翻书的声音时不时打断远处海浪的翻滚声。

我对自己说：就这样在吕克身旁，就在他边上，只要伸出手就可以触碰到他。我了解他的身体、他的声音、他的睡姿。他在看书，我觉得有点无聊，但并不讨厌。一会儿我们就去吃晚饭，然后一起睡觉，在三天后分离。以后可能再也不会像现在这样了。但此刻还在，它仍属于我们。我不知道是出于爱情还是相处融洽，这都无关紧要。我们是孤独的，各自都是。他不知道我在想"我们"，他在看书。但我们在一起，我能感受到他对我的那份热烈和那份冷漠。六个月后，当我们分开之后，我会记起这一刻吗？我应该不会记起此刻，而是记起其他不经意的愚蠢时刻。然而我最喜欢的应该是此刻，这一刻，我接受了生活本来的样子，它平静而令人心碎。我伸出手臂，拿过这本《弗努亚尔家族》，吕克一直怪我没读过它。我笑了起来，直到吕克也开始笑，直到我们俩一起俯身看同一页，脸贴着脸，之后很快变成唇贴着唇，书终于掉到地板上，欢悦降临到我们身上，黑夜笼罩住其他人。

离别的这天终于来了。出于某种害怕，我们都强颜欢笑。他是害怕我会难过，而我则是因为察觉到这一点，怕自己还是忍不住难过而害怕。昨晚，也就是我们在一起的最后一晚，我们都没有提离别的事。只是，这天晚上我几度醒来，陷入一种恐慌，我用前额、用手找寻着吕克的身体，为了确认这一同入眠的温柔陪伴仍然存在。而每一次，他似乎都能察觉到我的害怕，随时准备着从睡梦中清醒，他用双臂拥抱我，用手搂紧我的脖子，低声说："我在这儿，在这儿。"他的声音很奇特，就像安抚一只小兽。那是混乱的一晚，有着轻声细语，还混杂着被我们抛下的金合欢香气、半梦半醒的睡意和脉脉温情。然后就到了早上，早餐过后，吕克已经收拾好了行李，我也一边收拾我的，一边和他讨论回去的路线和路上的餐馆。我有些恼火自己语气里伪装的平静和勇敢，因为我并不觉得自己勇敢，也不明白为什么要勇敢。我感受不到任何情绪，或许只是隐约感到心慌意乱。这一次，我们终于演了一场半喜剧，但我觉得还是把它演到底为好，因为我可能还没离开他就已经开始伤心了。我得克制自己的态度、动作和面部表情。

"好吧，都收拾好了。"他终于说道，"我按铃让人来取行李。"

我突然清醒了过来。

"让我们最后一次倚靠这个阳台吧。"我用夸张的语调说道。

他有些忧虑地看着我，看到我的表情后又笑了起来。

"你可真是个坚强又大胆的小姑娘。我喜欢你。"

他在房间中央抱住我，和我一起轻轻摇晃。

"你知道吗，和某个人同居才两个礼拜就说'我喜欢你'是很难得的。"

"这不是同居，"我笑着抗议道，"这是蜜月。"

"那理由更充分了！"他说着，松开了我。这一刻，我真切地感受到他在离开我，我想拉住他的衣领。然而，这想法只是出现了一瞬，而且让我觉得不舒服。

回程很顺利。我开了一小段路。吕克说我们夜里才能到巴黎，他第二天会给我打电话，之后我们很快就会和弗朗索瓦丝一起吃晚饭，她这两周跟她母亲一块儿去了乡下，马上就会回来。这一切都让我觉得有点担心，但吕克只是叮嘱我对这次旅行守口如瓶，他能应付好她。我想象这个秋天自己周旋在他们俩之间，会时不时见见吕克，亲吻他，与他欢好。我从未想过要他离开弗朗索瓦丝，一是因为他跟我有约在先，二是我也绝不会这样对弗朗索瓦丝。即使他主动提出，我应该——在那个时候——也不会答应的。

他跟我说他积压了很多工作要做，但没什么兴趣。而我则将迎来新一年的学业。我得深入学习那些在上一学年就让我相当厌烦的内容。总之，我们回巴黎时都没什么兴致。但我对此颇感满意，因为我们两人同样沮丧，同样无聊，因此也同样需要依赖对方，对方也一样。

我们很晚才到达巴黎。在意大利门大道上，我看着略显疲惫的吕克，感到我们从这次冒险中成功脱身了，我们是真正的成年人，文明而理智。但突然之间，我感到一阵愤怒，夹杂着极度羞耻的感觉。

第三部分

第一章

　　我以为自己已经对巴黎再熟悉不过，但仿佛这一次才真正认识巴黎。我震惊于它的魅力，以及漫步于街头所获得的这种愉悦。街上还是一片夏天的景象，似乎尚未感知秋天的到来。这让我得以打发因为吕克不在而感到空茫和荒谬的三天时间。每一次，当我找寻不到他的身影，或者偶尔晚上摸不到他的身体时，我都觉得既反常又愚蠢。这两周已经在我的记忆里留下了一种形状，一种感觉。一种满满当当却苦涩的感觉。奇怪的是，它并没有让我觉得失败，相反，我觉得很成功。这种成功让我清楚地知道，以后再有此类的尝试都将是困难，甚至是痛苦的。

贝特朗就要回来了。我能对贝特朗说什么呢？贝特朗肯定会尝试与我重归于好。但为什么要与他重归于好呢？尤其是，我如何能够承受一副吕克之外的身体，吕克之外的气息呢？

吕克第二天没有给我打电话，第三天也没有。我觉得可能是因为应付弗朗索瓦丝没那么容易，而这让我觉得既骄傲又羞愧。我走了很多路，边走边漫不经心地想着接下来这一年的打算，兴致缺缺。说不定我会找到比法律更有意思的事儿。吕克应该会把我介绍给他的某个报社社长朋友。从前，我为了让自己提起劲头来，会寻求一些情感上的动力，而现在则是寻求一些职业方面的动力。

两天后，我终于没能克制住想见吕克的欲望。我不敢给他打电话，只得给他写了封随意而亲切的简讯，请他给我打电话。他到第二天才给我回了电话，说他去乡下接弗朗索瓦丝了，所以没法更早回电。我发觉他的声音有点紧绷。我觉得他应该是想我了，他的确也在电话里这么说了。一瞬间，我的脑海中出现了这样的场景：

我们在咖啡馆见面，他抱住我，告诉我他没有我活不下去，说这两天过得非常荒谬。我说不出别的话，只是发自真心地重复道"我也是"，然后由他来做决定。事实上，他的确跟我在咖啡馆见了一面，但只是为了告诉我弗朗索瓦丝一切都好，她完全没有起疑心，而他有一大堆的工作要做。他说"你真漂亮"，然后亲吻了我的手心。

我觉得他变了——他又换回了深色西服套装——但还是那么吸引我。我凝视着这张干净而疲惫的脸。真是奇怪，他不属于我了。我觉得自己并不会"利用"——这个词让我觉得很可怕——这段和他相处的时间。我愉快地和他说话，他也同样愉快地回答，但彼此之间不再自然。也许我们都对此感到震惊：跟一个人非常愉快地度过两周时间，过后了无痕迹，居然是件这么简单的事。只是，当他起身的时候，我感到一阵气愤，我想对他说：你去哪儿？你不会要把我一个人留在这儿吧？他还是离开了，留下我一个人。我没什么事可做。我耸了耸肩，心想：这一切真是太可笑了。我散了一个小时的步，走进了一两家咖啡馆，希望能碰见其他人，但一个人都没回来。总归，我还可以回约纳河的住处待上两个礼拜，但我两天后还要和吕克和弗朗索瓦丝吃晚餐。我决定等聚餐后再走。

这两天里，我要么去电影院，要么就在床上睡觉或者看书。我觉得自己的房间很陌生。终于，到了吃饭那一晚，我精心穿戴去他们家赴约。敲门的时候，有一瞬间我感到很害怕。好在是弗朗索瓦丝给我开的门，她带着微笑，马上就让我放下心来。我知道，就像吕克跟我说的那样，她绝对不会失态，也绝对不会做出与她那极度的善意与体面不相符的事情来。她之前从来没有被背叛过，毫无疑问，今后也不会。

晚餐吃得耐人寻味。我们三人都在，一切跟以往一样顺利。不过这一次，我们在开饭前喝了很多酒。弗朗索瓦丝似乎毫不知情，只是她看我的时候似乎比往常更专注。吕克时不时盯着我的眼睛说话，我竭力愉快、自然地回答他。话题转到了贝特朗，他下周就要回来了。

"那时候我就不在这儿了。"我说。

"你要去哪儿？"吕克问。

"应该会去我父母那儿待几天。"

"您什么时候回来？"

这句话是弗朗索瓦丝说的。

"两个礼拜后。"

"多米尼克，我就用'你'来称呼您了！"她忽然喊道，"我觉得说'您'很别扭。"

"我们都以'你'相称吧。"吕克微笑着说，然后走向唱片机。我的目光跟随着他。而当我转向弗朗索瓦丝的时候，我发现她在看我。我以目光回应，略带不安，主要是不想让她觉得我在躲闪。她把手放在我的手上，片刻之后，露出一丝忧郁的微笑，我觉得心慌意乱。

"您……哦不，你会给我寄明信片吧，多米尼克？你还没跟我说你母亲的近况呢。"

"很好。"我说，"她……"

我顿住了，因为吕克放了一首我们在蔚蓝海岸时听过的曲子，突然，一切重新涌上我的心头。他没有转身。我感到自己的思绪有一瞬间的失控。面对他们两人，面对这首曲子，我不知道弗朗索瓦丝的好意是真是假，同样不知道吕克的温情是真是假。总之，这一切都让我觉得混乱。我是真的想要逃了。

"我很喜欢这首曲子。"吕克平静地说。

他坐了下来，我意识到他什么都没想起来，甚至没想起我们关于唱片和回忆的苦涩对话。他不过是偶有两三次想到这首曲子，所以就买了这张唱片，免得心烦。

"我也很喜欢这首曲子。"我说。

他抬头看向我，想了起来，然后对我微笑。他笑得如此温柔，如此坦然，让我忍不住垂下眼帘。弗朗索瓦丝点了支烟。我感到一阵惊慌失措。可刚才的情况甚至没什么不对，我觉得就应该进行讨论，每个人都平静客观地发表意见，这样就能假装一切都跟自己毫不相干。

"我们要不要去看这场戏啊？"吕克说道。

他转过头来跟我解释：

"我们受邀去看一出新戏。我们三个可以一起去……"

"哦，好啊！"我说道，"为什么不呢？"

我差点忍不住狂笑着补充道："在我们三个还相安无

事的时候！"

弗朗索瓦丝带我去了她的房间，让我试穿她的大衣。因为她的衣服更适合。她帮我穿上一两件衣服，让我转身，帮我竖起衣领。有一瞬间，我的脸夹在两片衣领中，她就这么捧着我的脸。我心里带着同样的笑：我现在任她摆布，她可能会掐死我，或者咬我一口。但她只是微笑。

"您这样有点喘不过气。"

"确实。"我说。我指的并不是外套。

"您回来的时候一定要来见我。"

来了！我想。她会让我别再和吕克见面了吗？我能做到吗？我马上就有了答案：不，我做不到。

"因为我决定照顾您，给您买好看舒服的衣服，带您领略比同学和图书馆更有趣的事儿。"

哦！天哪，我想，不是时候，现在不是跟我说这些话的时候。

"不好吗？"察觉到我的沉默，她再次说道，"我有点把您当成自己的女儿了。（她说这话的时候带着笑，是很和善的那种笑。）如果是您这样脾气有点倔，又很聪明的女孩……"

"您人真是太好了，"我特意把"太"字拉得很长，"我都不知道如何是好了。"

"您什么都不用做。"她笑着说。

现在的状况真是又好又坏，我心想。如果弗朗索瓦丝很喜欢我，很想见到我的话，我就能更常见到吕克了。也许我会解释，会向她解释。也许她结婚十年，已经不在意了。

"为什么您这么喜欢我呢？"我问道。

"您的性格跟吕克很像。你们生性有些忧郁，只有脾气温和的人才能抚慰，比如我。这是不可避免的……"

我在心中感到绝望。之后我们去了剧院。吕克笑着，说着话。弗朗索瓦丝向我解释这些人是谁，谁和谁在一起等情况。之后，他们把我送回了公寓。吕克极为自然地亲吻了我的手心。我带着一丝震惊回到了住处。我睡着了。第二天，我乘火车回了约纳河岸。

第二章

但约纳河岸灰蒙蒙一片，烦闷得让人难以忍受。现在我不是因为自己，而是因为某人感到了烦闷。我待了一周就准备回去。临行前，我的母亲仿佛如梦初醒，问我开不开心。我跟她说开心，说我很喜欢法律，学习很认真，而且交到了很多好朋友。于是，她又安静地陷入了忧郁当中。我丝毫没有向她倾诉的欲望，换成去年，我还常常这么做。我又能告诉她什么呢？显而易见地，我变苍老了。

回公寓后，我发现贝特朗给我留了言，让我回来后就给他打电话。毫无疑问，他想向我要一个解释。我不怎么相信卡特琳娜保守秘密的能力，但我确实欠他一个解释。所以我给他回了电话，约了见面。在此之前，我去了学校食堂登记注册。

六点钟，我在圣雅克大街上的咖啡馆和贝特朗见了面，仿佛什么都没发生，仿佛昨日重现。但当他带着痛悔的神色起身，亲吻我脸颊的时候，我被拉回了现实。我怯懦地换上了一副轻巧而不负责任的神色。"你变好看了。"我真心地说道，而我的内心却有一丝厚颜无耻的想法：真遗憾啊！

"你也是。"他简短地说道，"我希望你知道，卡特琳娜把一切都跟我说了。"

"一切什么？"

"你在蔚蓝海岸度过的日子。我查证了一二，觉得你是和吕克在一起。真是这样，对吗？"

"是的。"我说。（我很惊讶。他居然没有勃然大怒，只是平静而略带悲伤。）

"那么，这么说吧，我不是那种愿意分享的人。我还爱着你，所以我可以不去计较，但我也不至于甘愿因为你承受这样的嫉妒和痛苦，像春天时那样。你只需要做个选择。"

他一股脑地说道。

"选择什么？"我感到了厌烦。就像吕克之前说的那样，我其实并没有把贝特朗当作一个需要考虑的问题。

"要么你跟吕克再也不见面，我们还跟以前一样；要么你继续和吕克见面，那我们就只能是好朋友。"

"当然，当然了。"

我完全不知道说什么。他好像变成熟了，显得很郑重。我几乎要佩服他了。但他现在与我毫无关系了，完全没有了。我把手放在他的手上。

"我很抱歉，"我说，"我不能。"

他安静了一瞬，看向窗户。

"接受这一切有点困难。"他说。

"我不想伤害你，"我说道，"我真的很难过。"

"这不是最难的，"他仿佛自言自语一般，"你会明白的：下决定的时候还好，坚持到底才是最难的。"

他突然转向我：

"你爱他吗？"

"当然不是，"我不悦地说道，"绝对不是。我们相处得很愉快，仅此而已。"

"如果你觉得无聊的话，我还在这儿。"他说，"而且我觉得你肯定会有无聊的时候。你会明白：吕克什么都不是，他只是个悲伤的聪明人，仅此而已。"

但想到吕克的温柔，吕克的笑声，我的心泛起一阵愉悦。

"相信我。无论如何，"他带着某种急迫补充道，"我都会在，你知道吗，多米尼克？我们从前在一起时很开心。"

我们俩都忍不住想落泪。于他而言是因为我们之间结束了，而他曾以为我们还有转机；我则是因为感到自己失去了原本的庇护者，投身于一场前路不明的冒险。我站起身来，轻轻地拥抱他。

"再见，贝特朗。请你原谅我。"

"你走吧。"他温柔地说。

我走的时候万分难过。今年真是开了个好头……

卡特琳娜在我的房间里等我。她坐在床上，脸上带着悲伤的表情。我进来的时候她站起身，向我伸出了手。我郁郁寡欢地回握了她的手，坐了下来。

"多米尼克，请你原谅我。也许我什么都不该告诉贝特朗，你觉得呢？"

我很佩服她还能问得出这个问题。

"不重要。也许我自己跟他坦白更好，但也没什么关系。"

"那就好。"她舒了一口气说。

她重新坐回了床上，神情激动而愉悦。

"现在，告诉我吧。"

我失语了一瞬，然后笑出了声。

"啊！不。你可真行，卡特琳娜。你这就打发了贝特朗的事儿——嘿，解决了！——麻烦事翻篇了，接下来说点有意思的事儿吧！"

"别开我玩笑啦！"她撒娇道，"通通告诉我吧。"

"没什么好说的，"我干巴巴地回答道，"我在蔚蓝海岸和某个喜欢的人度过了两周。因为各种各样的理由，故事就结束了。"

"他结婚了吗？"她敏锐地问道。

"没有，我什么都不会说的。现在我得打开行李箱收拾了。"

"我不急。你迟早会告诉我。"她说。

最糟糕的是，事实可能真会如此，我边打开衣柜边想着。在我觉得很难受的某天……

"至于我呢，"她继续说道，就好像宣布什么了不得的事儿，"我坠入爱河了。"

"这次又是哪一个？"我说道，"啊！肯定又说是最后一个，当然了。"

"如果你不感兴趣的话……"

但她还在继续往下说。我收拾的动作带上了一丝火气。我为什么会有这么蠢的朋友呢？吕克肯定受不了她。但是吕克跟这些又有什么关系呢，总归，这是我的人生。

"……总之，我爱他。"她总结道。

"你觉得什么是爱呢？"我好奇地问道。

"我也不知道。爱就是想着一个人，跟他出去，偏爱他。不是吗？"

"我不知道。也许吧。"

我收拾停当，坐在床上，神情沮丧。卡特琳娜做出一副贴心的样子。

"我的多米尼克，你可真傻。什么都别想了。今晚跟我们一起出门吧。当然了，我跟让·路易一起，但他还有一个朋友，这人挺聪明的，搞的是文学研究。他可以让你转移一下注意力。"

总之，明天之前我都不想给吕克打电话。而且我觉得很疲惫。生活对我来说就像一场无趣的旋涡。旋涡中心唯一偶尔会出现的确定元素就是吕克。只有他能够理解我、帮助我，而我需要他。

是的，我需要他。我没法对他提出任何要求，但他还算负责任，所以尤其不能让他知道。既然说好了，那就应该这样做，特别是当它对其他人造成影响的时候。

"走吧，我说，我们就去看看你那个让·贝特朗和他那个聪明的朋友。我倒不在乎这个人聪不聪明，卡特琳娜。也不能这么说，只能说我喜欢聪明而忧郁的人。我讨厌那些能够轻易抽身的人。"

"是让·路易，"她抗议道，"不是让·贝特朗。从什
么当中抽身啊？"

"从这里。"我夸张地说道，然后我指着窗外，以及
窗外那灰紫色的低垂天空，带着一种温柔又残酷的忧伤。

"这样可不行。"卡特琳娜忧心忡忡地说道，然后牵
着我的胳膊下了楼梯，替我留心着台阶。归根结底，我
还是挺喜欢她的。

她的让·路易长得挺好看的，不属于标准意义上的
好看，但并不令人讨厌。他的朋友阿兰则要周正风趣得
多。尤其是他的聪明中还带着某种尖刻、掩饰和捉摸不
定，而这正是贝特朗所缺少的。我们没多久就和卡特琳
娜以及她的追求者分头行动了。他俩在咖啡馆就已经开
始不分场合地浓情蜜意。阿兰送我回到了宿舍，路上谈
论着司汤达和文学。两年来，我第一次表现出了对文学
的兴趣。他算不上丑，也算不上好看，什么都不算。我
愉快地接受了后天跟他共进午餐的邀请，同时暗自祈祷
吕克那天没有时间。一切都已经向他汇聚而去，一切都
取决于他，不以我的意志为转移。

第三章

简而言之，我爱吕克。我很快明确了这一点，在重新与吕克睡到一起的第一晚后。那是在塞纳河畔的一家旅馆。做爱之后，他平躺着，闭着眼睛和我说话。他说："吻我。"于是我撑着手肘起身吻他，但当我凑近他的时候，一阵眩晕袭来，我不可救药地深信：这张脸，这个男人，就是我的唯一。我停在他的唇侧，感到了难以承受的愉悦和期待，这愉悦和期待正是因为爱。我是多么爱他啊。于是我贴着他的肩膀躺下，没有吻他，害怕地小声呜咽。

"你困了，"他搂着我的背笑了笑，"你就像一只小动物，做爱之后不是犯困就是口渴。"

"我觉得,"我说,"觉得我很爱您。"

"我也是,"他说着,轻轻拍着我的肩膀,"每次我们只要有三天没见,你就开始用'您'来称呼我,为什么呢?"

"我尊敬您,"我说道,"我尊敬您,爱您。"

我们一起笑起来。

"没开玩笑,这是真的,"我突然来了劲,仿佛突发奇想,"如果我真的爱您,您会怎么做呢?"

"你本来就是真的爱我呀。"他说着,又闭上眼睛。

"我的意思是,如果我离不开您,如果我想让您每时每刻都属于我呢?"

"我会非常厌倦,"他说,"甚至不会感到高兴。"

"那您会跟我说什么呢?"

"我会对你说:'多米尼克,呃,多米尼克,请你原谅我。'"

我叹了一口气。他倒没有像那些谨慎负责的男士那样,说出"我们有言在先"这种可怕的话来。

"我已经提前原谅您了。"我说。

"帮我拿支烟，"他懒懒地说，"烟在你那边。"

我们安静地抽烟。我心想：就是这样，我爱他。也许这份爱仅限于"我爱他"这个念头，只是"这么回事"，但除了"这么回事"，别无他法。

事实上，整整一周时间里，也只有"这么回事"。吕克打电话来问："你十五号晚到十六号有空吗？"这句话每隔三四个小时就回荡在我的脑海中，即使他说这话时语气平淡，但每次都会在我的心湖中投下不可名状的重量，让我在幸福和窒息中摇摆。而现在，我就在他的身边，时间漫长而空茫地流逝着。

"我得走了，"他说，"现在已经四点三刻了！已经很晚了。"

"是的，"我说，"弗朗索瓦丝在家吗？"

"我跟她说我跟一帮比利时人去蒙马特那儿了。但这个点，小酒馆也应该打烊了。"

"她会怎么说？已经很迟了，五点钟，就算是对比利时人来说也很迟了。"

他闭着眼睛说道：

"回去的时候，我会说'哦！这群比利时人'，然后伸个懒腰。她会转过头来说：'浴室里放了泡腾片，你可以吃点。'然后她会继续睡觉，就这样。"

"当然了！"我说，"第二天的时候，您就懒懒散散，匆匆忙忙地提一提小酒馆，说一说比利时人怎样怎样，还有……"

"哦！简单说说就行了……我不喜欢撒谎，主要是也没那个时间。"

"那您做什么事有时间呢？"

"什么事都没有。没那个时间，没那个力气，也没那个想法。要是我真能做某件事的话，我就会爱上你了。"

"这又能改变什么呢？"

"不能，对我们来说什么都改变不了。反正我这样觉得。只是，那样我就会因你而痛苦，但我现在是愉悦的。"

我心想，这是不是在给我刚才所说的话提了个醒。但他把手放在了我的头上，显得郑重其事：

"我跟你说什么都可以，我很喜欢这一点。而对弗朗索瓦丝，我不能跟她说我其实不是真的爱她，不能说我们之间的基础既不美好也不真实。一切的基础，是我的疲惫，我的无聊。其实这种基础很牢固，很不错。在这样的基础上，我们可以建立美好而长久的联结：孤独也好，无聊也罢，至少它岿然不动。”

我从他肩上抬起头来：

“这都是些……”

我想说“这都是些蠢话”，内心强烈地想要反驳，但是我没作声。

“都是些什么？小姑娘不同意吗？”

他温柔地笑了起来。

“我可怜的小猫，你这么年轻，这么温顺，这么讨人喜欢。真好！这让我感到安心。”

他送我回到了公寓。第二天，我得和他、弗朗索瓦丝，还有他的一个朋友一起吃饭。我探进车窗亲吻他，跟他告别。他的面孔有些消瘦和衰老。这衰老让我感到一丝心碎，这一瞬间之后，我更加爱他了。

第
四
章

　　我醒来的时候精神得很。睡眠不足对我来说是家常便饭。我起床走到窗前，呼吸着巴黎的空气，然后点了一根烟，尽管我并没有想抽。之后我又躺回床上，在睡前先照了照镜子，发现自己眼圈发黑、脸色精彩得很。总之，真是一副"好"样貌。我决定明天就让房东通暖气，她真是太过分了。

　　"这儿真是太冷了！"我高声说道，声音听着嘶哑可笑。

　　"亲爱的多米尼克，"我继续说道，"您有了一种激情，把它处理掉就可以了：走路，有计划地阅读，见见年轻人，或者做份轻松点的工作。就这样。"

　　我禁不住对自己升起了一阵怜悯。行了，我还是有点幽默感的，老天！我好得很。来吧，我的激情！另外，我就要和搅动我情绪的人一起吃午餐了。我提前做好了心理建设，小心翼翼地让自己保持冷漠，来到了吕克和弗朗索瓦丝家。之所以如此，是因为我不想表现出生理上的愉悦，而我对这份愉悦的原因心知肚明。我跑着赶上了公交车。检票员借由帮我上车占了我便宜，他把手臂伸过来环住了我的腰。我把票给他，我们了然地互相笑了笑。他的笑是男人对女人的那种，我的笑则是女人习惯了这种男人的笑。我待在车上，公交车在路面上嘎吱作响，有些颠簸。我靠着扶手。很好，我的状态好极了，只是从下颌到太阳穴的所有神经都散发出失眠的气息。

　　弗朗索瓦丝家已经来了个我不认识的客人。他个子很高，面孔发红，神色冷淡。吕克不在，据弗朗索瓦丝说，他整晚都陪着一群比利时客户，十点才起来。这些比利时人，还有他们的蒙马特，真讨厌。我发现这个大个子盯着我，感到自己脸红了。

吕克进来了，他看起来很疲倦。

"哟，皮埃尔，"他说，"别来无恙？"

"你没想到我会来吧？"

他的语气有点冲。可能是因为吕克没有对我的到来表示惊讶，而是惊讶他来了。

"当然不是了，朋友，当然不是。"吕克说道，带着一丝疲倦的微笑，"有什么喝的吗？你杯里这美妙的黄色液体是什么呢，多米尼克？"

"是杯浅威士忌，"我回答道，"您这都没认出来吗？"

"没有。"他说，然后在扶手椅上坐下，就像坐在火车站的座位边缘那样。之后他扫了我们一眼，眼神还是像在火车站那样，冷冷淡淡、漫不经心，看起来不太高兴，还有些孩子气。弗朗索瓦丝忍不住笑了起来。

"我可怜的吕克，你的脸色几乎和多米尼克一样差了！另外，我亲爱的孩子，我会给你们这场矛盾画个句号。我会跟贝特朗说……"

她解释了会跟贝特朗怎么说。我没有看吕克。在面对弗朗索瓦丝的态度上，我们没有任何串通，谢天谢地。说起来甚至有点好笑，我们谈论她的时候，就好像是在谈论一个我们十分珍爱的孩子，一个会让我们有些闹心的孩子。

　　"这么胡闹帮不了任何人。"这个叫皮埃尔的人说，而我突然意识到，很可能因为戛纳的事，他已经知道了我们的关系。这就能够解释为什么一开始他的眼神就那么轻蔑，神色那么冷淡，话里还意有所指。我突然想起来我们在戛纳就见到过他，而且吕克跟我说过他挺喜欢弗朗索瓦丝的。他应该很生气，说不定还会到处说闲话。就像卡特琳娜那样：声称对朋友应该毫无隐瞒，帮助他们，不让他们蒙在鼓里，等等。如果弗朗索瓦丝知道了，如果她用轻蔑、愤怒，或是任何一种不像她会有的情绪对待我，而我觉得承受不住时，我该怎么做呢？

　　"我们去吃午餐吧，"弗朗索瓦丝说，"我饿死了。"

　　我们步行去附近的一家餐厅吃饭。弗朗索瓦丝挽着我的手，男士们在后面跟着。

"天气真舒服，"她说，"我喜欢秋天。"

然后，不知为何，这句话唤起了我脑海中在戛纳酒店房间的回忆，吕克站在窗前，说道："你只需要洗个澡，喝杯威士忌，然后就会好起来。"那是第一天，我并不太开心，接下来还有十五天，还要与吕克一起度过的十五天，十五个昼夜。这是我此刻最渴望的事情，但也许以后再也不会发生。要是我早知道……就算我早知道，情况也不会改变。普鲁斯特有言："幸福很少会恰好降临在欲望召唤它之时。"而那天晚上，这种情况发生了：当我靠近吕克的脸，靠近这个我整个星期都在渴望的男人时，这两种感觉的同时到来让我感到了一阵眩晕，也许只是因为，那种一直充斥我生活的空虚突然消失了。这种空虚此前一直让我觉得自己与生活毫无关联。而在那一刻，相反地，我感到自己终于拥抱了生活，并且登上了峰顶。

"弗朗索瓦丝！"皮埃尔在我们后面喊。

我们转过身来，交换了同伴。我走到前面，走到吕克旁边，我们步调一致，走在落叶满地的大街上，而且我们应该想的是同一件事，因为他向我投来一个疑问的，几乎是突兀的眼神。

"没错。"我说。

他忧郁地耸了耸肩，这个几不可察的动作让他扬起了头。

他从口袋里拿出一支香烟，边走边点燃，递给了我。每当有什么事让他觉得尴尬，他就会这么做。但他没有任何怪癖。

"这家伙知道，"他说，"关于你和我的事。"

他凝神说道，表情看起来并没有很担心。

"很严重吗？"

"他肯定忍不了多久就想安慰弗朗索瓦丝。我得补充一下，这种情况下，安慰并不意味着任何过分的行为。"

我有一瞬间十分崇拜他这种男人的自信。

"他是个人挺好的蠢材，"他说，"一个弗朗索瓦丝大学时代的朋友。你懂吗？"

我懂了。

他补充道：

"我觉得厌烦，因为这会伤害弗朗索瓦丝。尤其还关系到你……"

"显然是的。"我说。

"我也担心你，如果弗朗索瓦丝因此对你态度恶劣。她本可以帮你很多，因为弗朗索瓦丝，她是个信得过的朋友。"

"我没有信得过的朋友，"我伤感地说道，"我没什么信得过的。"

"伤心啦？"他问道，然后他牵起了我的手。

我有一瞬间震惊于他的举动，震惊于他由此冒着的风险，之后一阵悲伤向我袭来。他确实牵住了我的手，就在弗朗索瓦丝的眼皮底下。但她清楚地了解牵住我的手的这个人，吕克，这个疲惫的男人。可能她会觉得他意识不太清醒，他本不该这样做。不，他这么做没什么风险。他是个没什么情绪的人。我握紧了他的手——当然了，这就是他，只能是他。他让我昼思夜想，不断让我感到惊讶。

"没有伤心，"我回道，"什么都没有。"

第三部分

　　我撒谎了。我该告诉他我撒谎了，我需要他。但所有这些，自从我跟他在一起开始，就是不现实的。什么都没有。除了这十五天的愉悦、空想和遗憾，其余什么都没有。为什么我会这么心碎呢？爱情真是痛苦又神秘，我不无嘲弄地想。事实上，我有些怨恨我自己，因为我以为自己足够强大、足够自由、足够有能力去拥有幸福的爱情。

　　午餐吃得很久。我看着吕克，心神不定。他英俊、睿智而疲惫。我不想和他分开。我为冬天做了些模糊的计划。分别的时候，吕克说会给我打电话。弗朗索瓦丝说她也会给我打电话，她要带我去见个什么人。

　　他们谁都没有给我打电话。就这样过了十天。吕克的名字对我来说成了一个沉重的负担。终于，他还是给我打了电话，告诉我弗朗索瓦丝知道了一切。他还说他事务缠身，只要得空就会告诉我。他的声音很温柔。我怔怔地待在房间里，搞不清楚状况。我晚上要和阿兰一起吃饭，他什么都帮不了我。我觉得自己内心一片荒芜。

在接下来的两周里，我见了吕克两次。一次是在伏尔泰河畔的酒吧，还有一次是在一个房间里，我们无话可说，既聊不了从前，也聊不了往后。往事带着一种灰烬般的难闻味道。真有意思，无论什么样的情感，最终都免不了向生活妥协。我意识到自己显然不适合做一个已婚男人的小甜心。我爱他。我本该想到这一点的，至少应该考虑到这种可能性。我爱他——他纠缠不休，让人痛苦，令人不知足。我试着笑了笑。他没有回答。他温柔、缓慢地跟我说话，仿佛不久于人世一般……弗朗索瓦丝非常痛苦。

　　他问我都做些什么。我跟他说我学习、看书。但其实，我之所以看书或者电影，无非是想能够跟他讨论这本书，或者跟他讨论这部他认识的导演拍摄的电影。我绝望地寻找我们之间的关联，一些除了让我们略显卑劣地伤害了弗朗索瓦丝之外的关联。然而并没有。但我们也没有后悔。我不能对他说："别忘了。"我们之间的关系并不正当，这会让他感到害怕。我不能跟他说，我总是看到，或者总觉得自己在街上看到了他的车；说我不停地拨打他的电话，但从来没有拨出；说我回公寓时总是询问房东有没有电话找我；说一切都让我想起他，说我无比怨恨自己。但我没有这样的资格，一点也没有。但也确实是在这样的时刻，我才能感受到他的面孔、他的双手、他温柔的嗓音，和所有这些无法承受的过去……我日渐消瘦。

阿兰人很好。有一天，我把整件事对他和盘托出。我们走了好几公里的路，他聊起我的激情时，仿佛在聊某个文学作品。这让我能够抽身，把一切说出来。

"你其实知道这件事会过去的，"他说，"过半年或者一年，你都能拿它打趣了。"

"我不愿意。"我说，"我并不只是在维护我自己，我是在维护我们在一起时的一切。夏纳，我们的笑声，我们的相处。"

"但这并不妨碍你知道，有一天这些都会过去。"

"我很清楚，但我不在意。我不在乎。现在，现在就是这样。"

我们一直走着。到了晚上，他紧紧抓着我的手，陪我走回了宿舍。回房的时候，我问房东有没有一位吕克先生来电，她微笑着说没有。我躺在床上，想着戛纳。

我心想：吕克不爱我。这让我的耳朵和心脏都泛起一丝疼痛。我在心里重复着这句话，于是那股疼痛又回来了，有时候还很尖锐。我似乎有了一丝进步。这种疼痛的感觉已经做好了准备，它严阵以待，忠贞不贰，武装到牙齿，听从我的召唤。由此看来，我拥有了这种能力：我说着"吕克不爱我"，这令人痛苦的感觉就来了。然而，尽管我基本能够让它按我的心意出现，却没法避免它有时会突然重现，在某次我上课或吃饭的时候，猝不及防，令我痛苦。我同时不可避免地感到终日无聊，现在这无聊有了缘由。生活是如此平庸、如此忧郁。早晨起来，乏味的课程和无聊的交谈都让人疲惫。我感到痛苦。我说自己痛苦，语气是好奇也好，嘲弄也罢，无论哪般，总归是因为不想正视我那爱情惨淡收场的可悲事实。

该来的总会来。一天晚上，我重新见到了吕克。我们在布洛涅森林开车兜风。他说要去美国一个月。我起先说挺有意思的，之后反应过来这个事实：一个月。我掏出了一根烟。

"等我回来的时候，你应该已经忘记我了。"他说。

"为什么呢？"我问道。

"我亲爱的小可怜，这样对你更好，好得多……"然后他停下车。

我看着他。他的神情紧绷而抱歉。就这样，他知道。他什么都知道。他对我来说不只是个值得珍重的男人，还是一个朋友。我突然扑到了他身上，和他脸颊相贴。我盯着树木投下的影子，听到自己的声音在说一些不可思议的话：

"吕克，我做不到。您不能抛下我。我没有您活不下去。您得留在这儿。我很孤独，我真的很孤独。我承受不住。"

我对自己发出的声音感到惊讶。这声音是如此失态，年轻莽撞，饱含祈求。我心里想着一些吕克可能会对我说的话：没事，没事，会过去的，冷静点。但我还是一直在说话，而吕克还在沉默。

最后，仿佛是为了止住我源源不断的话语，他用手捧住我的脸，轻柔地亲吻我的嘴唇。

"我的小可怜，"他说，"我可怜的宝贝。"

他的嗓音痛苦不堪。我一边想着该结束了，一边想着我有理由感到委屈。我开始伏在他的身上哭泣。时间就这样过去。他准备把哭到力竭的我送回公寓。我任由他安排，之后他就要走了。我突然开始反抗。

"不，"我说，"不。"

我紧紧抱住他，我想要成为他，就这样消失。

"我会给你打电话。我走之前会跟你见面。"他说，"……原谅我，多米尼克，原谅我。我跟你在一起的时候很开心。你会走出来的，知道吗。一切都会过去的。我愿意付出一切来……"

他做了一个无能为力的手势。

"来爱我吗？"我说。

"是的。"

他的脸颊温热，沾满了我的泪水。我将有一个月都见不到他。他不爱我。这绝望的感觉真是奇异。它消失得也很奇异。他送我回到住处。我止住了哭泣，感到精疲力竭。第二天他给我打了电话，第三天也给我打了电话。他走的那一天，我患上了感冒。他上楼看了我一会儿。阿兰也顺道来看了我。吕克亲吻了我的脸颊，他说会给我写信。

第
五
章

　　有时，我在夜半醒来，感到干渴，甚至还没摆脱睡意，就有轻声呢喃让我重新入睡，重陷暖意与无意识之中，像是我单方面进入了休战。但我对自己说：不过是口渴罢了，只需要起床，走到饮水池旁，喝点水，然后重新入睡。但当我起身，看到镜子里自己被路灯隐约照亮的样子时，当温热的水流过我的喉咙时，绝望攫住了我，而我带着真切的生理痛苦，颤抖着入睡。我趴在床上，手臂抱头，身体狠狠抵着床。我对吕克的爱就像一头温热却致命的野兽，而我出于反抗，将这头野兽碾压在我的肌肤和床单之间。之后，战斗便开始了。我的记忆与我的想象成了两个凶恶的敌人。其中有吕克的脸，戛纳，曾经发生过的，以及曾经可能发生的事。而我昏昏欲睡的身体和我令人作呕的理智在持续不断地与之对抗。我重新坐起，思量：我是我自己，多米尼克。我爱吕克，而他不爱我。这是单向的爱，必然的悲伤，结束吧。我其实还想象了一些彻底结束的方式，比如给吕克寄一封优雅、高贵的信，告诉他一切都结束了。但这封信唯一使我感兴趣的只是它的优雅与高贵让我再次想到吕克。我还未想好是否以这样残酷的方式离开他之前，就已经想着与他和好了。

好心人说，只需要振作起来就可以了。但为谁振作呢？我对其他任何人都不感兴趣，对自己也不感兴趣。我只对与吕克相关的自己感兴趣。

卡特琳娜，阿兰，街道。阿兰在一次舞会上突然亲吻了我，这让我不想再见他。雨天，索邦大学，咖啡馆。美国地图。我憎恶美国。无聊。这一切就不能结束吗？吕克已经走了一个多月了。他给我寄了一封温情而悲伤的小信，我深深记在了心里。

让我感到些许安慰的，是我的理智。一直以来，它对抗我的这份激情，嘲笑我，奚落我，与我的内心艰难对话，慢慢成了我的盟友。我不再对自己说"结束这场玩笑吧"，而是"如何能够停止这些付出"。夜晚总是那样平淡乏味、一成不变、充满悲伤，但有时白天全神贯注地阅读，时间就会过得很快。当我想起"我与吕克"的时候，它仿佛一个不相关的情况。即便如此，依然免不了这样的时刻，往事突然向我袭来，让我在街道上突然停下，充满恶心与愤怒，感到难以忍受。我于是走进一家咖啡馆，向唱片机投了二十法郎，给自己五分钟时间，沉浸在这首戛纳的曲子带来的忧郁当中。阿兰终于受够了这首曲子。但我记得它的每一个音符，能回想起金合欢花的香气，这笔钱花得值当。我不喜欢我自己。

"行啦，我的老朋友，"阿兰耐心地说，"行啦！"

我不怎么喜欢人们叫我"我的老朋友"，但在那时的情况下，这称呼让我感到安慰。

"你真好。"我对阿兰说。

"这不算什么。"他说，"我的论文是关于激情的，我很感兴趣。"

　　但这音乐让我相信。它让我相信我需要吕克。我清楚地知道，这需求与我对他的爱既相关，又无关。我仍然可以将吕克分为两种身份：作为人，他是我的盟友；但作为我激情的对象，他则是敌人。而最糟糕的情况也正在于此，我不能有一丝一毫低估他对我的影响。通常来说，如果有人对我们态度冷淡，我们应该报以同样的冷淡，但对他，我没有办法。有时候我也会对自己说："可怜的吕克，我对他来说是多么令人疲倦啊！多么烦人啊！"我鄙视自己没法轻松应对，甚至会因为怨恨他而更加依恋他。但我很清楚，他一定没有怨恨我。他不是敌人，是吕克。我没法走出来了。

　　有一天，下午两点的时候，我走出房间去上课。房东太太把电话递给我。接电话的时候，我的心不再怦怦乱跳，因为吕克已经走了。我马上就听出了弗朗索瓦丝迟疑而低沉的声音：

　　"多米尼克？"

　　"是的。"我说。

　　在楼梯上，一切都静止了。

"多米尼克，我本想早点给您打电话的。但总归，您还愿意来看看我吗？"

"当然了。"我说。我注意着自己的声音，以至于当时的语调应该挺客套的。

"今晚六点见好吗？"

"说定了。"

然后她挂了电话。

我听到她的声音时既震惊又开心。这让我重新想起那些周末、车上的情景、餐厅的晚餐，那些美丽的假象。

第
六
章

　　我没去上课，信步走在街上，想着她会跟我说什么。按常理来说，我似乎受了太多苦了，以至于不能谁都怨我。六点的时候下了点雨，街道上湿漉漉的，在灯下闪着光，就像海豹的背脊一样。走进大厅的时候，我看向镜子里的自己。我瘦了很多。我隐隐希望自己生一场大病，这样吕克就能来到我的病榻前，为奄奄一息的我哭泣。我的头发湿了，神情如困兽般狼狈。弗朗索瓦丝看到肯定会心疼，她总是这样善良。我看了自己一会儿。也许我应该"耍些手段"，真正博得弗朗索瓦丝的好感，与吕克私相授受、暗通款曲。但这又为了什么呢？我好不容易有了如此绝对、彻底、情不自禁的感情，又怎能要这些手段呢？我为自己这样的爱感到非常震惊，非常钦佩。但我忘记了这其实说明不了任何事，对我来说只是折磨。

弗朗索瓦丝给我开了门，略带微笑，神情有些惊愕。我进门脱下了雨衣。

"您还好吗？"我问道。

"很好。"她说，"你坐吧。呃……您坐吧。"

我忘了她曾以"你"称呼过我。我坐了下来，她看着我，明显被我憔悴的状态吓到了。这让我有些可怜我自己。

"喝点酒？"

"好啊。"

她照例给我倒了杯威士忌。我都快忘记什么味道了。也忘了这些：我那凄凉的房间，学校的餐厅。他们送我的红棕色外套，那件外套还是很实用的。我感到精神紧绷，沮丧绝望，因为持续的愤怒，我甚至有了底气。

"就是这样。"我说。

我抬起眼帘，看着她。她坐在我对面的沙发上，盯着我，一言不发。我们本可以聊些别的事儿，然后我可以在起身告辞前，带着尴尬的神色说："我希望您不要太恨我。"这取决于我，只需尽快打破这个沉默，不要让这沉默成为一种双重的承认。但我没有出声。我终于感到自己置身于此刻，经历着此刻。

"我本来想早点给您打电话的，"她终于出声，"因为吕克让我这么做，也因为我不想看到您独自一人在巴黎。总之……"

"我本来也想早点联系您的。"我说。

"为什么？"

我本想说"为了道歉"，但觉得这理由说不过去。于是我说了实话。

"因为我想要这么做，因为我确实很孤单。而且，我不想让您觉得……"

我做了个模糊的手势。

"您的脸色很不好。"她温柔地说。

"是的，"我带着怒气说道，"如果可以的话，我会来见您，您会给我做牛排吃，我会倒在您家的地毯上，您会安慰我。不幸的是，您是唯一知道怎么安慰我的人，但您也是唯一不能这么做的人。"

我颤抖起来，手里的杯子也跟着颤抖。弗朗索瓦丝的眼神变得让我难以承受。

"这……这会很让人难过。"我说着，为了掩饰刚才的失态。

她从我的手中接过杯子，放在桌上，重新坐了下来。

"我，我很嫉妒，"她声音低沉地说，"我从生理上对您感到嫉妒。"

我看着她。我想过很多种她会有的反应，唯独没想到会是这样。

"这很蠢，"她说，"我明明知道，您和吕克的事没什么关系。"

面对我惊讶的表情，她做出一个抱歉的手势，简直要让我赞叹她的礼貌。

"总之我想说的是，肉体的不忠并没有那么严重，我一直都是这么想的。尤其是现在……现在……"

她似乎很挣扎。我害怕她接下来要说的话。

"尤其现在我不那么年轻了，"她转过头去，接着说道，"不那么吸引人了。"

"不。"我说。

我不同意。我从未想过这个故事还有这样的一面，这是我未曾知晓的、平庸的，甚至说不上平庸，只是寻常而悲伤的一面。我曾以为这个故事只属于我，但我其实对他们的生活一无所知。

"不是这样的。"我说着站起了身。

我走向她，站到她身旁。她转过身来，对我笑了笑。

"我可怜的多米尼克，多糟糕啊！"

我在她身旁坐下来，用手捧住了脸。我的耳朵在嗡嗡作响，觉得大脑一片空白，甚至想哭了。

"我很喜欢您，"她说，"非常喜欢。我不愿去想您所受的痛苦。当我第一次看到您的时候，您的表情有些沮丧。我当时就想，要是我们能让您快乐起来就好了。但我们并没有做到。"

"痛苦，我确实有些痛苦。"我说，"其实吕克也这么跟我说过。"

　　我很想扑进她的怀里，倒向她丰满、宽厚的身体，告诉她我多希望她是我的母亲，告诉她我真的很痛苦，然后在她怀里哭泣。可我甚至不配这么做。

　　"他十天后回来。"她说。

　　我这颗固执的心为什么还会感到动摇呢？弗朗索瓦丝应该重新拥有吕克，拥有她一半的幸福所在。我得做出牺牲。想到这一点，我微笑了起来。这是我能做的最后一件事，仿佛显得我多么重要似的。我没什么算得上牺牲的，毫无希望。我要做的无非是终结，或者说让时间去终结某种疾病。这苦涩的放弃带着某种乐观。

　　"以后，"我说，"当我走出来的时候，我会再来看您的，弗朗索瓦丝，我也会来看吕克。现在要做的只是等待。"

　　她送我到门边，温柔地拥抱我，对我说："很快见。"

　　但我一回到公寓就倒在了床上。我刚才跟她说了什么？多么冷漠的蠢话啊！吕克马上就要回来了，他会把我抱在怀里，亲吻我。即使他不爱我，他也会在那儿——他，吕克。这场噩梦即将结束。

十天后，吕克回来了。我之所以知道，是因为他回来那天，我坐公交车经过他家门前时，看见了他的车。我回到公寓，等他给我打电话。他没有来。那天没来，后一天也没有。而我却借口感冒，一直待在家里等他。

他在，却没有给我打电话，在消失了这一个半月之后，我感到绝望，全身发颤，内心想笑却笑不出来，陷入魔怔，无悲无喜。我从来没有这么痛苦难受过。我心想，这也许是最后一关了，但这真的很难。

第三天，我起床去上课。阿兰又开始和我一起散步。我认真听着他说的话，笑了起来。不知为何有句话一直萦绕着我：丹麦国里恐怕有些不可告人的坏事。[1] 我总是忍不住把它挂在嘴边。

两周后，我等着院子里响起的乐声伴我醒来。那是一位邻居在慷慨地播放莫扎特的行板，这音乐总让人想起清晨、死亡和某种微笑。我听了很久，在床上一动不

1　出自威廉·莎士比亚剧作《哈姆雷特》。

动，感到相当愉悦。

女房东在喊我，说有电话找我。我不慌不忙地套上一条睡裙下了楼。我想应该是吕克打来的。但我现在觉得没那么重要了。有某种东西从我身上消失了。

"你过得好吗？"

我听着他的声音。是他的声音。这声音让我感到平静、温和，就像某种鲜活、重要的东西从我身上流逝了。他问我第二天能不能跟他喝一杯。我说："好，好的。"

我回到了房间，注意力十分集中。音乐已经结束了，我遗憾自己错过了尾声。我惊讶地看到镜中微笑的自己。我忍不住微笑，没办法忍住。再一次，我知道，自己再次孤身一人了。我想要说给自己听，孤身一人，孤身一人。归根到底，那又怎么样呢？我是一个女人，曾经爱过一个男人。这是个简单的故事，没什么好大惊小怪的。

图书在版编目（CIP）数据

某种微笑 / (法) 弗朗索瓦丝·萨冈著；方圆平译.
杭州：浙江人民出版社，2025. 8. -- ISBN 978-7-213
-11622-3

Ⅰ . I565.45

中国国家版本馆CIP数据核字第2024KL2497号

浙江省版权局
著作权合同登记章
图字：11-2024-204号

某种微笑

MOUZHONG WEIXIAO

［法］弗朗索瓦丝·萨冈　著　方圆平　译

出版发行　浙江人民出版社（杭州市拱墅区环城北路 177 号　邮编　310006）
责任编辑　祝含瑶
责任校对　杨　帆
封面设计　一　九
电脑制版　书情文化
印　　刷　河北鹏润印刷有限公司
开　　本　787毫米 × 1092毫米　1/32
印　　张　5.25
字　　数　73千字
版　　次　2025年8月第1版
印　　次　2025年8月第1次印刷
书　　号　ISBN 978-7-213-11622-3
定　　价　48.00元

如发现印装质量问题，影响阅读，请与市场部联系调换。

质量投诉电话：010-82069336